Králing 10

# Hellersdorfer Perle

KATJA OSKAMP

# Hellersdorfer Perle

Roman

eichborn

Die Arbeit an diesem Roman wurde durch den Deutschen Literaturfonds e.V., die Kulturverwaltung des Berliner Senats und aus den Mitteln des Else-Heiliger-Fonds der Konrad-Adenauer-Stiftung gefördert. Die Autorin bedankt sich für die Unterstützung.

1. Auflage 2010


Umschlaggestaltung: Christiane Hahn
unter Verwendung eines Fotos von Hartmuth Schröder.
Mit freundlicher Unterstützung von »Sündige Mode«,
Töngesgasse 7, 60311 Frankfurt am Main,
Inhaber: Michael Lamann, www.suendige-mode.de
Lektorat: Karsten Kredel
Ausstattung, Typografie: Susanne Reeh
Satz: Fotosatz Amann, Aichstetten
Druck und Bindung: CPI – Clausen & Bosse, Leck
ISBN 978-3-8218-6110-4

FSC Mix
Produktgruppe aus vorbildlich bewirtschafteten
Wäldern und anderen kontrollierten Herkünften
www.fsc.org Zert.-Nr. GFA-COC-001223
© 1996 Forest Stewardship Council



Eichborn Verlag, Kaiserstraße 66, 60329 Frankfurt am Main
Mehr Informationen zu Büchern und Hörbüchern aus dem Eichborn Verlag finden Sie unter www.eichborn.de

# Hellersdorfer Perle

# I

Ich wuchtete den Reisekoffer über die Schwelle und zog die Tür hinter mir zu. Mit dem Gepäck stieg ich die vier Stockwerke hinab. Draußen nieselte es. Jeder Atemzug entschwand als weißes Wölkchen in die Berliner Novembernacht. Ich stellte mich in den fahlen Schein einer Straßenlaterne und wartete.
Ab in den Urlaub, was?, sagte der Taxifahrer, das machen Sie richtig bei dem Scheißwetter!
Nach Prenzlauer Berg, sagte ich.
Meine Freundin Tina lachte mich überrascht an. Als sie den Koffer sah, wich die Freude dem Schrecken. Es war Sonntagabend.
Ist was passiert?, sagte Tina.
Kann ich paar Tage bei euch wohnen?, sagte ich.
Komm erst mal rein, sagte sie.

In der Küche saß Peter, Tinas Mann. Er stocherte in einer Salatschüssel. Tina rückte mir einen Stuhl an den Tisch.

Wie findest du unseren neuen Kaffeeautomaten?, sagte Peter.

Er ließ die Gabel in die Schüssel fallen und sprang zu einem Gerät, das in der Mitte der Arbeitsfläche stand.

Nicht so laut, zischte Tina, der Junge schläft!

Toll, sagte ich, schürzte die Lippen und betrachtete den Kaffeeautomaten, über dessen metallisch glänzendes Gehäuse Peter mit den Fingerspitzen strich.

Das Feinste vom Feinsten, sagte Peter, dieser Billigschrott von Tchibo kommt mir nicht ins Haus.

Ich bin ausgezogen, sagte ich.

Wie bitte?, sagte Tina.

Sie füllte mir ein Rotweinglas.

Ich hab's nicht mehr ausgehalten, sagte ich.

Habt ihr euch gestritten?, sagte Tina.

Ihre großen braunen Augen drückten Sorge aus. Peter spielte in stummer, liebevoller Versunkenheit am Kaffeeautomaten. Dann nahm er sich ein Bier aus dem Kühlschrank und verschwand. Ich sah auf die Küchenuhr. Es war zehn nach acht.

Nicht gestritten, sagte ich, jedenfalls nicht richtig.

Tina legte ihre Hand auf meine und entließ mich nicht aus ihrem Blick. Meine Freundin wartete auf einen Redeschwall, auf Kurzatmigkeit und Hysterie, auf lautes Schluchzen und Tränenbäche. Vor fünfzehn Minuten hatte ich Micha verlassen und vermutlich eine Lebensweiche umgelegt. Aber ich spürte nichts. Ich fand Worte unpassend. Statt in meine stieg das Wasser in Tinas Augen.

Es hat mich angekotzt, sagte ich, um Tina von ihren Gefühlen abzulenken.
Der Trott?, sagte sie, die verdammte Routine?
Alles, sagte ich, der Mann, unsere Wohnung, mein Leben.
Und Paula?, sagte Tina.
Paula hab ich vorhin ins Bett gebracht, sagte ich, wie immer.
Ach, sagte Tina, und jetzt verlässt du mal schwuppdiwupp Mann und Kind.
Sie zog einen Mundwinkel in die Höhe, als habe sie einen schlechten Witz gehört.
Ich zuckte mit den Schultern.
Was ist denn vorgefallen?, sagte Tina.
Nichts, sagte ich.
Das glaube ich dir nicht, sagte Tina, man trennt sich nicht ohne Grund.
Meine Freundin reckte das Kinn und legte den Kopf schräg.
Das renkt sich wieder ein, sagte sie, ihr habt doch wohl einiges zu verteidigen.
Was denn?, sagte ich.
Die gemeinsamen Jahre, die ganzen Erlebnisse, die Vertrautheit, sagte sie, kann ja sein, das alles liegt verschüttet unter banalen Alltagsproblemen.
Tinas Blick huschte unruhig auf meinem Gesicht herum.
Verschüttet, sagte ich.
Ja, sagte Tina, eine Beziehung bleibt eben Arbeit.
Wieso willst du meine Beziehung retten?, sagte ich.
Tina suchte meine Augen nach einer Regung ab.
Weil es sich lohnt, sagte sie, Peter und ich ringen täglich um Respekt voreinander.

Ich habe keine Lust auf Respekt, sagte ich.
Sei nicht kindisch, sagte Tina, worauf hast du denn Lust?
Ich musste kichern.
Du darfst jetzt auf keinen Fall alles zerstören, sagte sie.
Dazu hätte ich Lust, sagte ich.
Tina schaute mich ungläubig an. Sie wusste nicht, ob ich sie veralberte. Die großen braunen Augen lauerten.
Peter kam in die Küche, warf einen Blick auf den Kaffeeautomaten, holte sich ein neues Bier aus dem Kühlschrank, verschwand ins Wohnzimmer. Meine Freundin spielte mit zwei Fingern am Fuß ihres Weinglases.
Wir haben doch alle mit Hochs und Tiefs zu kämpfen, sagte sie.
Tina blickte ihrem Mann nach und seufzte. Aus dem Wohnzimmer drang Sirenengejaule.
Kein Wunder, sagte ich und versuchte, wenigstens einen Bruchteil jenes Mitgefühls aufzubringen, das Tina pausenlos produzierte.
Ich trank meinen Rotwein aus und schenkte mir nach. Tina hielt die Hand über ihr Glas.
Morgen früh um fünf sitz ich schon im ICE, sagte sie und goss sich roten Traubensaft ein.
Meine Freundin war Schauspielerin. Seit einem Jahr spielte sie eine vom Leben gebeutelte Flamenco-Lehrerin in einer Vorabendserie. Die Woche verbrachte sie in Köln, Stunden in der Maske, Stunden in der Garderobe. Während sie auf ihre Szenen wartete, las Tina diszipliniert sämtliche Drehbücher durch. Sie empfand eine Mitwirkungspflicht, die weit über Textlernen, Gutaussehen und Pünktlichsein hinausging.

Sie rannte den Autoren die Türen ein und machte andauernd Verbesserungsvorschläge, um die Serienschreiber vor dem allerpeinlichsten Schwachsinn zu bewahren. Eine Serie war so konzipiert, dass sie möglichst niemals endete. Deshalb steigerten sich die Schicksalsschläge, die Tina in ihrer Rolle erlitt, ins Unermessliche. Die Flamenco-Lehrerin hatte bereits ein Dutzend gescheiterte Affären, diverse Sportunfälle mit Gips bis zum Hals und das Coming out ihres schwulen Seriensohnes hinter sich, der direkt nach seinem Geständnis ins Koma gefallen war. Niemand von Tinas Freunden und Verwandten nahm die dramatischen Geschehnisse noch zur Kenntnis. Allein Johnny, Tinas echter Sohn, bestand darauf, sich Folge um Folge anzuschauen. Also hockten der Junge und sein Papa Tag für Tag vor dem Fernseher, leerten zwei Fischkonserven und eine Tüte Chips und sahen zu, wie ihre Mama für die Familie das Geld verdiente.

Tina massierte sich mit Daumen und Zeigefinger die Nasenwurzel. Dann lächelte sie versonnen.

Heute Morgen habe sie ihren Jungs das Frühstück ans Bett serviert, Käsecroissants aus dem Bioladen. Danach, schwärmte Tina, hätten sie zu dritt einen Spaziergang gemacht und die Enten gefüttert. Hand in Hand seien sie durch die Kälte gewandert und hätten über dies und das geplaudert. In Nullkommanix hielt das pure Glück Einzug in Tinas Gesicht. Sie fühle einfach, dass sie zusammengehörten. Mit den Jahren werde das innere Band immer stärker. Wahrscheinlich sei es schlichtweg Liebe, man müsse sie nur erkennen. Überhaupt stelle sich die Frage, wieso alle immer diesen Riesenanspruch auf Erfüllung erhöben, das seien höchstens Momente, und ansonsten komme es darauf an, nicht zu erstarren. Tina sah mich nachdenklich an. Ein Anflug von Weisheit streifte ihre Züge.

Bewegung, sagte sie, dass die Dinge in Bewegung bleiben, für einen selbst, in der Beziehung, im Leben, das ist das Allerwichtigste.

Der Minutenzeiger der Küchenuhr zuckte. Es war drei viertel zehn.

Jetzt müsste Micha es merken, sagte ich.

Was denn?, sagte Tina.

Dass ich weg bin, sagte ich.

Wieso gerade jetzt?, sagte Tina.

Peter kam hereingeschlurft. Tina sprang auf und schmiegte sich verliebt an ihn.

Zu Ende?, sagte sie.

Peter nickte und nahm sich sein drittes Bier aus dem Kühlschrank.

Diese Kommissare, sagte Peter, spielen eine derartige Scheiße zusammen.

Tina sah ihren Mann von unten an und strich ihm zärtlich die Locken aus der Stirn. Ich stand auf.

Ich geh noch mal raus, sagte ich.

Wohin denn?, sagte Tina erschrocken.

Keine Ahnung, sagte ich, frische Luft schnappen.

Du warst schon immer anders, sagte Tina, ich bau dir im Wohnzimmer das Bett auf.

Sie begleitete mich in den Flur und gab mir einen Wohnungsschlüssel.

Das kriegen wir alles wieder hin!, rief sie mir nach.

*

Ich zog mir die Kapuze des Mantels über den Kopf und schob die Hände in die Taschen. Es nieselte noch immer. Die Straße war menschenleer. Der Schein der Laternen spiegelte sich in den Pfützen. Kippen schwammen darin. Wohin sollte ich gehen? Darauf kam es nicht an, Hauptsache Bewegung, hatte ich eben gelernt. Aus einer Haustür trat ein Mann in Jogginghosen. Er ließ seinen verfetteten Dackel am Bordstein sein Geschäft erledigen. Ich wich Mann und Hund aus. Ich genoss die Kälte. Es roch nach Kohle, ein Duft längst vergangener Zeiten. Die Häuserwände ragten steil in den verhangenen Nachthimmel. Keine Sterne, kein Mond. Hinter manchen Fenstern flackerte graugrün das Licht der Fernseher. In anderen Fenstern erlosch es. Auf der Hauptstraße rasten Autos durch Pfützen. Ich ging unter Balkonen, um mich vor dem Regen zu schützen. Ich hielt mich dicht an den Fassaden, um nicht vom Dreckwasser bespritzt zu werden. Ich war froh, in die nächste Seitenstraße flüchten zu können. Aus einer Kneipe drang Country-Musik. Ich warf einen Blick durch die Scheibe. Holztische, Biergläser, volle Aschenbecher und rote, zerfurchte Gesichter. Alte Säufer brüllten sich gegenseitig an. Ich erreichte Tinas Straße. Ich sah mehrere Männer mit Hunden. Im Gegensatz zu meiner Freundin litten sie allesamt unter Bewegungsmangel. Reglos standen die Vierbeiner und ihre Besitzer im Laternenlicht, dicke Bäuche, hängende Köpfe, zottelige Frisuren. Hast Du ne Zigarette, raunte ein Mann. Auf seiner Stirn schimmerte Schorf. Nee, sagte ich und beschleunigte den Schritt. Vor dem Hauseingang tastete ich nach dem Schlüssel in der Manteltasche und hielt inne. Ich wollte noch nicht hinaufgehen. Ebenso wenig wollte

ich mich zwischen diese verwahrlosten Tierhalter stellen. Tina würde jetzt Zähne putzen, sich die parfümfreie Pflegemaske ins Gesicht schmieren und ins Designerbett fallen. Sie würde die Arme um Peter schlingen und sich kurz glücklich fühlen. Dann würde sie sich auf die andere Seite drehen. Vielleicht würde sie nicht einschlafen können, weil sie sich Sorgen um mich machte, sich hin und her wälzen und auf das Geräusch des Schlüssels in der Wohnungstür warten. Bewegung – so hatte schon Tinas Lieblingsfach auf der Schauspielschule geheißen. Ich lief los, in die Richtung, aus der ich eben gekommen war. Wie auf Kommando schlichen die Männer in die Hauseingänge, jeweils gefolgt von einer zerzausten, traurigen Kreatur auf vier Beinen. Sollte ich eine weitere Runde ums Karree drehen? Die Kneipe mit den brüllenden Säufern wagte ich nicht zu betreten. Der Regen wurde stärker. Wind kam auf. Laub fegte über das Pflaster. Micha würde jetzt die leere Bierflasche in die Küche schaffen und ins Bett gehen, wo er mich vermutete. Aber dort lag ich nicht. Ich stapfte durch kalten Regen, hatte die falschen Schuhe an und wich Hundehaufen aus, die sich im Wasser aufzulösen begannen. Tina hatte seinerzeit die Wohnungslage mit Bedacht gewählt: ein normaler Kiez mit normalen Bewohnern, Stuck, Parkett und Flügeltüren inklusive, unbedingt in Fußnähe zum Szeneviertel mit Spezialitätenrestaurants und Bioläden. Sollte ich dorthin gehen, wo jugendliche Pärchen auf Wandbänken nebeneinander saßen, gebeugt über Schüsseln hingen und Nudelsuppe mit Stäbchen aßen?
Als ich die große Kreuzung erreichte, fing es an zu stürmen. Das Regenwasser sickerte durch den Stoff

meines Mantels und schaffte es an den Schultern bis auf die nackte Haut. An meinem Gesicht triefte das Wasser hinab und tropfte in den Ausschnitt. Ich hätte jetzt meinen Schal gebraucht. Was hatte mich geritten, die schwarzen Lederstiefel mit den hohen Absätzen anzuziehen? Ich hatte Micha wohl mit einem selbstbewussten Gang verlassen wollen. Jetzt bekam ich nasse Füße und vermisste meine derben Herbsttreter mit den Profilsohlen oder die Gummistiefel aus dem Keller. Die Scheibenwischer der vorbeirasenden Autos liefen auf Hochtouren. Eine Straßenbahn kam. Der hell erleuchtete Riesenwurm düste auf die Haltestelle zu. Das trockene und warme Gehäuse in Aussicht, rannte ich los, überquerte mehrere Ampeln bei Rot und sprang in die Bahn. Ich ließ mich auf einen der gepolsterten Sitze fallen. Bis auf zwei Mädchen, die um die Wette husteten, saß niemand im Wagen. Aus den Heizkörpern roch es leicht verschmort. Zwischen den Sitzen klemmten zerquetschte Kaffeebecher. Eine leere Bierflasche rollte durch eine klebrige Lache über den grauen Boden. Wie lange war ich nicht Straßenbahn gefahren? Micha und ich erledigten alle Wege mit dem Auto. Ich setzte die Kapuze ab und knöpfte den Mantel auf. An meinen schlammbespritzten Hosensäumen saugte sich die Nässe hoch. Die Stiefel waren verdreckt. Ich saß in der Linie sechs. Auf dem Display erschienen in gelber, eckiger Schrift abwechselnd die Worte Riesaer Straße und Hellersdorf. Das klang nach Plattenbau. Vor jeder Station ertönte aus einem Lautsprecher, den ich nirgends entdecken konnte, ein Pling-plang-plong, und eine Frauenstimme sagte Straßennamen an, die ich noch nie gehört hatte. Die Bahn vollführte regelmäßig Vollbremsungen. Ich musste mich festhalten. Die Bierflasche klirrte gegen Metall. Niemand stieg ein. Die Türen blieben geschlossen. Bei Abfahrt beschleunigte die Straßenbahn, als sei sie auf Verfolgungsjagd. Die Mädchen husteten. Im Fahrerkabuff musste ein Vollidiot sitzen. Vielleicht war es seine letzte Tour für heute, und er versuchte, von kleinlichem Ehrgeiz gepeinigt, drei Minuten herauszuschinden. Wahrscheinlich aber litt er unter Aggressionen, und sie hatten ihn für die Nachtschicht eingeteilt, weil er für den Berufsverkehr untragbar war. Die Bahn rauschte mit mir durch die leergefegte, düstere Stadt. Der Regen verlieh dem Asphalt einen kohlrabenschwarzen Glanz. In den Pfützen schlug er Blasen. Schräg peitschten die Tropfen an die zerkratzten Scheiben. Der Fahrtwind verzerrte sie zu wüsten Strichen und trieb sie am Glas hinab. In den Wartehäuschen hingen protzige Werbeplakate für Radiosender, Billigdiscounter, Fluggesellschaften. Ein uralter Playboy, den ich als Kind im Fernsehen gesehen hatte, zeigte im Satinmorgenmantel seine faltige, haarlose, solariumsbraune Brust. Rechts und links hielt er zwei vollbusige Mädchen im Arm, und die blondierten Haare, falschen Zähne und goldbehängten, dürren Handgelenke brachten den Greis, den sie kaschieren sollten, ans Licht. Eitel strahlte das Reptil dem Tod entgegen. Die Straßen wurden breiter, geleckte Pisten. Neben dem Gleisbett reihten sich blattlose Minibäume in Stützkonstruktionen. Irgendwann stiegen die beiden Mädchen aus. Wohin beförderte mich der durchgeknallte Fahrer? Die vielen Kurven erschienen mir sinnlos. Die Häuser wurden höher, die Fenster quadratischer, die Lichter trostloser. Hieß das hier Lichtenberg? Hohenschönhausen? Im Nebel erahnte ich die Silhouetten der Neubaublocks. Sie säumten die Strecke in allen Varianten: kurze dicke Würfel, lange dünne Quader, hochkant aufgestellt, quergelegt, freistehend oder zusammengeklebt, sogar gebogen. Eine chaotische Legolandschaft unter dem weiten, schwarzen Himmel, unterbrochen von Brachland, Gestrüpp, Bauzäunen. Vor Autohäusern wehten klatschnasse Fahnen an hohen Stahlmasten. An Supermärkten und Shoppingcentern leuchteten Schriftzüge. Die Frauenstimme sagte: S-Bahnhof Marzahn.

Ich hatte die riesigen Betonzonen noch nie unterscheiden können. Dabei war ich selbst im Plattenbau groß geworden, allerdings in der Mitte der Stadt, unweit vom Alexanderplatz und zu Zeiten, als die Spielplätze und Springbrunnen intakt und die Familien jung waren. Meine Eltern, vor dreißig Jahren stolze Erstbezügler, waren in der Platte geblieben. Sie würden auch in der Platte sterben. So grün!, so zentrumsnah!, pflegte mein Vater stets auszurufen, wenn ich versuchte, ihn zu einem Wohnungswechsel zu überreden. Ich wollte nach Hause. Ich wollte in mein Bett oder wenigstens auf Tinas Sofa. Ich wollte zurück in bekannte Gefilde. Die Schlammspritzer auf meinen Hosenbeinen begannen zu trocknen. Draußen regnete es. War das hier nicht die Gegend, in der minderjährige Mütter ihre Säuglinge aus der achtzehnten Etage warfen? Ich hielt Ausschau nach einer Uhr. Es gab keine. Sie hatten in Berlin die Uhren abgeschafft. Und die Briefkästen auch. Den Brief mit den drei Worten hatte ich vorhin für den Empfänger auf dem Küchentisch hinterlegt. Micha würde mich in der Wohnung suchen und den Zettel finden. Er würde davon absehen, spät bei Leuten anzurufen und nach mir zu fragen. Er würde niemanden verrückt machen wollen, zu allerletzt sich selbst, das Problem auf morgen vertagen und darauf vertrauen, dass ich zurückkäme. Er würde davon ausgehen, dass mich einer dieser hysterischen Rappel ereilt hatte, von denen ich mich in aller Regel nach ein paar Tagen erholte. Sollte Paula quiekend aus einem der Träume erwachen, in denen sie gegen Tiger oder Eisbären kämpfte, würde Micha ihr ein Glas Apfelsaft bringen und sie über den Kopf streicheln, bis sie friedlich weiterschlummerte. Er würde ausnahmsweise ein viertes Bier trinken und dann schlafen. Wie Paula. Wie Tina und Peter. Die Hochhäuser glotzten mich an, Riesen mit viereckigen Lichtaugen, wahllos über die spröden Betonkörper verstreut. Tankstellen, Asia-Imbisse, Parkplätze. Beschmierte Wände, überquellende Mülleimer, Schrotthaufen. Leerstand, Abriss, Bauschutt. Helle Mitte, sagte die Frauenstimme. Helle Mitte? War das ernst gemeint? Oder vergab hier eine Humorkanone die Straßennamen? Um auszusteigen, fehlte mir der Mut. Ich hatte bis jetzt kein einziges Taxi gesehen, dafür schon die dritte Polizeistreife und einen Notarztwagen. Ich würde mit dem Vollidioten von Fahrer bis zur Endhaltestelle schlingern und in der Bahn sitzen bleiben, bis sie zurückfuhr. Am Straßenrand bewegte sich ein Auto. Es stand, wackelte aber. Ich sah einen Mann, der eine Frau gegen die Karosse warf. War das eine Schlägerei oder Sex? Die Bahn raste an den beiden vorüber, und obwohl ich mich umdrehte, konnte ich das wackelnde Auto nicht mehr sehen. Aus dem Lautsprecher klimperte ein Akkord. Riesaer Straße, sagte die Frauenstimme, Endhaltestelle, bitte aussteigen.

Die Türen öffneten sich. Ich blieb sitzen. Die Türen schlossen sich. Die Bahn fuhr in eine Schleife und hielt. Der durchgeknallte Fahrer lief draußen in blauer Uniform entlang und schaute prüfend durch die Scheiben. Der Frust stand ihm ins Gesicht geschrieben. Als er mich sah, machte er eine zackige Kopfbewegung. Ich zögerte. Dann stieg ich aus. Ich setzte die Kapuze auf, mummelte mich in den Mantel und ging bis zur Haltestelle, von wo die Bahn nachher abfahren musste. Ich schaute auf den Fahrplan. Ich hatte keine Uhr. Sollte ich mich in das Glashäuschen stellen, auf dessen Dach der Regen prasselte? Ich lief ein paar Schritte hin, ein paar Schritte her, um nicht auszukühlen. Mir fiel ein, dass ich gar keinen Fahrschein gelöst hatte. Früher, als Teenager, war ich immer schwarzgefahren. Ich musste pinkeln. Ich war müde. Mir war kalt. Ich lief zur Straße. Ein kubistisches Konstrukt aus Rohren stand auf einem Stück Wiese. War das Kunst oder Kanalisation? Ich ging auf nassem Beton in die Richtung, aus der die Bahn gekommen war, drückte mich an parkenden Autos vorbei und blieb an stachligen Büschen hängen. Das alles hier war nicht für Fußgänger gemacht. Ich hörte ein Baby schreien. Ich entdeckte einen kleinen, unförmigen Flachbau. Zwischen zwei Blocks lag er zurückversetzt im Dunst. Hellersdorfer Perle stand in goldenen Buchstaben auf einem dunkelgrünen Schild, angestrahlt von drei Lichtquellen. Ich umkreiste die seltsame Hütte. Wegen der geschwärzten Scheiben konnte ich nicht ins Innere sehen. Ich nahm die Kapuze vom Kopf. Ich lief eine Rampe für Rollstuhlfahrer hinauf, löste den Zopf, schüttelte die Haare und legte die Hand auf die kalte Aluminiumklinke. Erst als ich die

Tür hinter mir geschlossen hatte, sah ich auf. Zigarettenqualm, Dämmerlicht, Biergeruch, in der rechten Ecke ein Tresen, hinter dem ein dürres, blondiertes Wesen weiblichen Geschlechts hantierte. Links saßen um ein rundes Tischchen drei Rollstuhlfahrer. Sie hielten Spielkarten in den Händen. Unter dem Tischchen sah ich keine Beine, nur Räder. Ich empfing feuchte, zynische, geile Blicke von den Beinlosen. Mein Auftritt war eine Sensation. Guten Abend, sagte ich und schluckte. Ingeborg, einen Sekt für die Dame, sagte jemand. Er schaute nicht. Er saß am Tresen, der Mantel hing über den Barhocker. Er blickte in sein Bierglas. Er hatte einen grauen, akkurat gestutzten Bart und eine Hakennase. Er sah blass aus. Ich ging zum Tresen und setzte mich auf den Hocker rechts neben ihm. Der Mann sah mich noch immer nicht an. Vielleicht hatte er ein versteiftes Rückgrat. Als die Tresenkraft mir einen Sekt vor die Nase stellte, zuckte ihr rechtes Auge. Der Mann hob sein Bierglas und trank. Ich trank auch. Wer sind Sie, sagte er. Ist das wichtig, sagte ich. Als ich ihn für einen Moment aus dem Augenwinkel ansah, entdeckte ich ein Hörgerät hinter dem rechten Ohr. Der Mann griff in die Innentasche seines Mantels und legte einen Geldschein auf den Tresen. Er hatte die Hände eines Bauarbeiters. Er stieg vom Barhocker. Er tastete nach etwas unter dem Tresen. Er schaute mich nicht an. Langsamen Schrittes ging er zur Tür. Er humpelte. Der Mantel verhüllte den Gehfehler. Der Stock aus Holz pochte auf den Boden. Morgen abend um elf, sagte er. Ziehen Sie bitte einen Rock an, sagte er. Dann verschwand der Mann in die Hellersdorfer Nacht.

*

Tinas große braune Augen füllten sich mit Tränen. Warum bist du so kalt?, wimmerte sie. Der schöne Mann schwieg. Tina schlug die Augen nieder, und zwei Tränen kullerten an ihren Wangen hinab. Wirst du mich verlassen?, hauchte sie. Tina legte ihre Stirn behutsam an die Schulter des schönen Mannes. Auf ihrem Gesicht spiegelte sich der Abglanz weiblicher Ermattung. Der Alltag hat uns mürbe gemacht, erwiderte der schöne Mann. Hochs und Tiefs, sagte Tina, doch auch Momente des Glücks. Der schöne Mann schwieg. Die Erlebnisse, die Vertrautheit, hauchte Tina, wir haben etwas zu verteidigen. Der schöne Mann schaute eisig in die Ferne. In Tinas Antlitz verwoben sich Furcht und Hoffnung zu einem ergreifenden Standbild. Ich werde um dich kämpfen, sagte Tina, und es klang wie ein Schwur, ich bin mit dem Herzen immer bei dir. Dann kam der Abspann mit der aggressiven Erkennungsmelodie. Peter schaltete den Fernseher aus. Neben Peter saß Johnny in einem zu kleinen Schlafanzug auf dem Sofa und stopfte sich eine Handvoll Chips in den Mund.

Wieso hat der Mann Mama nicht mehr lieb?, sagte er empört.

Die Chips knirschten zwischen seinen Zähnen.

Klassischer Cliffhanger, sagte Peter.

Ich ging in die Küche und suchte im Kühlschrank etwas zu essen. Peter kam mir hinterher.

Kannst du Johnny ins Bett bringen?, sagte er.

Klar, sagte ich und schnitt mir eine Scheibe vom harten Brot ab.

Und den Geschirrspüler ausräumen?, sagte Peter, ich muss noch mal weg.

Er warf sich in seine gefütterte Markenjeansjacke und

klaute mir die Scheibe Brot. Dann verließ er die Wohnung.
Gestern Nacht war ich mit dem Taxi zurückgekommen. Ich hatte bis elf auf dem Sofa gepennt und es den ganzen Tag nicht verlassen. Micha hatte sich nicht gemeldet. Peter hatte mir Folge 146 bis 150 in den DVD-Player geschoben und gemeint, erst im Zusammenhang könne ich deutlich erkennen, wie sauber Tina sämtliche Situationen spiele, astreines Handwerk eben, und was für ein grauenhaft unbegabter Macho ihr aktueller Partner sei.
Es war zehn vor acht. Ich ging in Johnnys Zimmer und setzte mich auf die Bettkante. Ich streichelte Johnny und erschrak wie immer über seine dürren Ärmchen. Johnny konnte als unterernährt gelten, und die großen braunen Augen, die er von seiner Mutter geerbt hatte und unter denen sich bläuliche Ringe zeigten, machten ihn vollends zum Hungerhaken. Gegen Johnny war Paula ein Wonneproppen. Wenn ich sie ins Bett brachte, koste ich den Kinderbauch, biss ich in die strammen Schenkel, kniff ich in meinen Lieblingspo, bis Paula außer sich geriet vor Lachen und Müdigkeit. Nun aber saß Micha an Paulas Bett, und würde sie nach ihrer Mama fragen, würde er im Brustton der Überzeugung antworten, dass ich zum Arbeiten irgendwohin gereist sei und bald wiederkäme. Paula würde sich insgeheim ein bisschen wundern, dass ich mich nicht von ihr verabschiedet hatte. Dann würde sie sich ins Kissen kuscheln, ihrem Papa und der ganzen Welt ihr volles Vertrauen schenken und einschlafen.
Gute Nacht, sagte ich und deckte den blassen Jungen zu.
Ich löschte das Licht und ließ die Tür des Kinderzim-

mers angelehnt. In der Küche schnitt ich mir eine Scheibe Brot ab, räumte den Geschirrspüler aus und wischte mit dem Lappen über den Kaffeeautomaten. Sobald Peter auftauchte, würde ich meinen Krempel schnappen und die völlig überspannte Fluchtaktion abbrechen. Ich würde mit dem Taxi nach Hause fahren, mich bei Micha entschuldigen, morgen früh Paula wecken und an der bettwarmen Kinderhaut schnuppern, wie immer. Ich setzte mich aufs Sofa, kaute auf dem harten Brot herum, schaute im Fernsehen eine Quizsendung und wartete auf Peter.
Drei viertel zehn kam er zurück, in der Hand ein Sixpack Bier. Er setzte sich neben mich und öffnete die erste Flasche.
Hast du den Kaffeeautomaten angefasst?, sagte er.
Abgewischt, sagte ich.
Sei vorsichtig, die Teile sind extrem sensibel, sagte er.
Als Peter mich fragte, ob ich auch ein Bier wolle, verneinte ich.
Wir könnten Folge 135 gucken, sagte Peter, da kriegt der eitle Macho in die Fresse.
Ich hau jetzt ab, sagte ich.
Ich schlüpfte in Mantel und Stiefel und verließ den Haushalt mit den Designerstücken, in dem es nichts zu essen gab.
Die Linie sechs brachte mich ins Ghetto. Ich stieg an der Station vor der Endhaltestelle aus und lief zur Hellersdorfer Perle. Auf der Rampe für Rollstuhlfahrer löste ich die Haare und schüttelte sie. Ich trat ein. Das dürre, blondierte Wesen hantierte mit Gläsern. Die drei Beinlosen unterbrachen ihren Skat. Der Mann fehlte. Ich setzte mich auf den Hocker. Einen Sekt, sagte ich. Die Tresenkraft stellte das Glas vor meine

Nase. Ihr rechtes Auge zuckte. Ich bemerkte, dass das linke aus Glas war. Das falsche Gebiss mit den zu weißen, zu gleichmäßigen Zähnen war mir gestern schon aufgefallen. Wie spät ist es?, sagte ich. Die Frau schaute lange auf ihre winzige goldene Armbanduhr. Gleich elf, sagte sie. Am faltigen Hals befanden sich Narben, vielleicht von einer Schilddrüsenoperation. Wie alt mochte die Tresenkraft sein? Sechzig? Achtzig? Sie stakste zum goldenen Zapfhahn. In aller Ruhe ließ sie einen halben Liter Pils in den Humpen laufen und stellte eine wunderschöne Schaumkrone her. In der dunklen Ecke hinter der Eingangstür hockte krumm eine Omi an einem Tischchen. Sie trug eine Pudelmütze, die ihr zu groß war. Das runzlige Gesicht zeigte keinerlei Regung. Die Omi starrte in Richtung der Beinlosen, vor sich ein schales Bier. Hatte sie gestern auch dort gesessen? Draußen prasselte der Regen gegen die geschwärzten Scheiben. Weder hörte ich Autos durch Pfützen fahren, noch eine Straßenbahn über die Gleise düsen. Gegen elf schien in Hellersdorf keine Menschenseele mehr unterwegs zu sein. Die Skatkarten der Beinlosen klatschten auf das Tischchen. Die Omi bewegte sich nicht. Die Tresenkraft stakste durch die Kneipe. Die Oberschenkel waren nicht dicker als die Waden. Beides wurde von großen Kniescheiben zusammengehalten, die sich wie Eishockeypucks unter der schwarzen Strumpfhose abzeichneten. Auf einem Tablett brachte die Tresenkraft den Beinlosen drei Bier und drei Korn. Wie konnte sie mit diesen streichholzdünnen Armen solche Gewichte stemmen? Die Beinlosen bedankten sich mit Gemurmel, dann hörte ich in meinem Rücken das dumpfe Klirren der Schnapsgläser. Die Tresenkraft stakste auf ihren Pfennigabsätzen zurück. Unter dem Minirock war kein Hintern vorhanden. Ingeborg hatte der Mann sie genannt. Ich leerte das Sektglas. Unberührt stand das Bier auf dem Tischchen der Omi. Sie schien an ihrem Platz festgewachsen zu sein. Sollte ich gehen? Was hatte ich in dieser toten Spelunke verloren? Draußen regnete es Bindfäden. Hier passierte nichts mehr. Als ich das Portemonnaie zückte, um den Sekt zu bezahlen, ging die Tür auf. Der Mann mit dem Stock erschien. Er trug ein weißes Hemd unter dem Mantel. Die obersten zwei Knöpfe waren offen. Er sah mich nicht an. Hinter dem linken Ohr trug er ebenfalls ein Hörgerät. Die Beinlosen beachteten den Mann mit dem Stock nicht. Die Omi glotzte. Ingeborg stellte im Nu ein Bier bereit. Er setzte sich neben mich auf seinen Platz und lehnte den Stock unter den Tresen. Er hob das Glas und nahm einen großen Zug. Ich hörte ihn schlucken und vermied es, auf den Adamsapfel zu sehen und womöglich auf die Brust. Ich bedeutete Ingeborg, mir einen weiteren Sekt zu servieren. Der Mann blickte stur geradeaus. Der Geruch eines Rasierwassers ging von ihm aus. Aber da roch noch etwas, ein zweiter Duft, den ich nicht einzuordnen wusste. Als Ingeborg mir den Sekt vor die Nase stellte, zuckte ihr rechtes Auge. Zwinkerte sie mir zu? Ich führte das Sektglas langsam und vorsichtig gegen den Bierhumpen des Mannes. Kein Ton entstand. Der Mann reagierte nicht. Sein Glas war schon halb leer. Der Mann schwieg. Ich schwieg auch. Der Mann trank sein Glas in einem Zug aus. Die Bauarbeiterhände legten einen Geldschein auf den Tresen. Sie tasteten nach dem Stock. Der Mann stieg vom Hocker. Etwas knisterte. Er humpelte zur Tür. Der Gehschaden schien von der Hüfte herzurühren. Sie tragen keinen Rock, sagte er und verließ die Hellersdorfer Perle.

*

Am nächsten Abend saß ich pünktlich um elf auf meinem Platz an Ingeborgs Tresen. Ich trug einen engen schwarzen Rock, der knapp bis zu den Knien reichte. Den Mantel hatte ich ausgezogen und hinter der Tür aufgehängt. Den Zopf hatte ich geöffnet und die Haare geschüttelt, damit sie trockneten. Die Stiefel hatte ich am Mittag blank gewienert, von der Spitze über die Ferse bis zum Schaft. Ingeborg wischte den Staub von den Blättern einer künstlichen Hängepflanze, die zwischen den Schnapsflaschen im Regal stand. Die Omi schaute Ingeborg zu und regte sich nicht, vor sich ein schales, unberührtes Bier. Seit wann saß sie in ihrer dunklen Ecke wie eine Wachsfigur? Wenn sie nichts trank, warum kam sie dann her? Um Gesellschaft zu haben, um nicht allein zu sein, um etwas zu sehen, ohne gesehen zu werden, eine friedliche Greisin, die niemanden störte. Ingeborg stakste hinter dem Tresen hervor. Sie brachte den Beinlosen Bier und Korn. Die Beinlosen hatten vorhin kurze Blicke auf meinen Rock geworfen, ohne ihren Skat zu unterbrechen. Sie fingen schon an, sich an mich zu gewöhnen. Die Beinlosen stießen die Schnapsgläser aneinander. Es klirrte kurz. Auf dem Rückweg blieb Ingeborg am Tischchen der Omi stehen. Die Omi schaute zu Ingeborg auf, lächelte matt, schüttelte den Kopf. Die Bommel der Pudelmütze wackelte ein wenig. Ingeborg ging weiter und stellte das Tablett mit den leeren Bier- und Schnapsgläsern hinter dem Tresen ab. Sie blickte auf ihre winzige goldene Armbanduhr und sah mich nachdenklich an. Meinte sie, der Mann würde nicht kommen? Wusste Ingeborg irgendetwas, das ich nicht wusste? Sonderlich gesprächig schien Ingeborg nicht zu sein. Oder täuschte das? Wie lange kannten sich Ingeborg und der Mann? Ich bestellte einen zweiten Sekt. Ingeborg servierte ihn. Dann spülte sie die schmutzigen Gläser. Sie trocknete sich die knochigen Hände ab, nahm eine Zeitschrift und einen Kuli, lehnte sich an die Regalwand mit den Schnapsflaschen und fing an, ein Kreuzworträtsel zu lösen. Ich trank. Die Omi starrte in Richtung der Beinlosen. Sie benahm sich wie ein Säugling im Alter von fünf Monaten, der auf alles schaute, was sich bewegte oder Töne von sich gab. Die Hellersdorfer Perle eignete sich schlecht dafür. Es geschah viel zu wenig. Hin und wieder hörte ich eine Skatkarte auf das Tischchen klatschen. Ich lauschte auf Geräusche von draußen. Keine Autos, keine Straßenbahn. Nicht einmal der Regen schlug heute gegen die geschwärzten Scheiben, es nieselte bloß. Die Omi beugte sich über ihr Bier, schlürfte ein Schlückchen ab, fiel zurück in die Starre. Ich betrachtete meine Fingernägel. Hier und da schob ich die Nagelhäute zurück. Sollte ich Ingeborg um ein Kreuzworträtsel bitten? Als ich aus Langeweile den dritten Sekt bestellte, trat der Mann ein. Er musterte mich. Dann zog er seinen feuchten Mantel aus und hängte ihn neben meinen hinter die Tür. Er pochte mit dem Stock und setzte sich. Ingeborg servierte das Bier und den Sekt. Der Mann hob den Humpen mit der Bauarbeiterhand an und hielt ihn mir hin. Ich stieß mein Glas dagegen. Der Ton klang rund. Zum Wohl, sagte der Mann. Seine Stimme hatte etwas von einem Waldschrat. Zum Wohl, sagte ich. Wir tranken.

Darf ich fragen, was Sie beruflich machen?
Ich bin Schauspielerin.
Wo spielen Sie?
Im Fernsehen.
Ich habe keinen Fernseher.
Ich auch nicht.
Interessant.
Ich spiele in einer Vorabendserie.
Sind Sie verheiratet?
Sie?
Nein.
Ich auch nicht. Aber ich lebe mit einem Mann zusammen.
Was ist Ihr Mann von Beruf?
Theaterkritiker. Er heißt Michael Kirbach.
Der Kirbach? Den lese ich nicht mehr.
Ich auch nicht.

Der Mann schwieg. Er schaute in sein Bierglas. Das Klatschen der Skatkarten blieb aus. Die Omi glotzte uns an. Ingeborg zeigte keine Regung. Der Mann bestellte einen Sekt für mich und einen Schnaps für sich. Als ich mich auf dem Hocker zu ihm drehte und ein Bein über das andere schlug, stand der Mann auf. Er humpelte langsam in Richtung der Toiletten. Im schattigen Dunkel bückte sich der Mann. Mit einem Klack sprang ein spindgroßer Kasten an. Eine Jukebox, altertümlich und morsch. Spärliches Licht beschien ein Gehäuse hinter Glas. Ein mechanisches

Klicken. Ein heiseres Schaben. Die Maschine kam ächzend in Gang. Der Mann richtete sich auf. Er warf eine Münze ein und drückte auf Knöpfe. Es rasselte. »Je t'aime« erklang, der ferne, träge Anfang der Elektroorgel. Ich kannte das Lied, erschreckend gut sogar. Es musste Jahre her sein, dass ich es gehört hatte. Der Mann humpelte langsam zurück. Unterwegs traf er Ingeborg, die hinter dem Tresen hervorkam. Ingeborg stakste auf die Omi zu, die mühsam aufstand. Die Omi trug eine graue Mischung aus Schürze und Kleid, einen Überwurf, der unförmig an ihr herabhing. Sie schlurfte durch die Kneipe, in der Armbeuge baumelte ein Stoffbeutel, beinahe leer. Gegen die Greisin wirkte Ingeborg, die ihr folgte, wie ein junger Storch. Ich drehte mich nach den beiden um. Zwischen den Tischchen blieben sie stehen, und Ingeborg legte eine Hand auf die Hüfte der Omi, nahm mit der anderen deren Hand. Ingeborg gab den Herrn, die Omi durfte die Dame sein, und wie zwei Kriegswitwen tanzten sie, stumm, sanft, scheu, eine Skulptur aus Vergangenem, aus Resten, aus Flickwerk. Der Mann bestieg den Barhocker neben mir. Als er den Humpen griff, berührte ich mit einem Finger die Bauarbeiterhand. Es überraschte mich mehr als ihn.

Mögen Sie nur Frauen in Röcken?
Ja.
Woher kommen Sie?
Aus Berlin.
Sie sind hier geboren?
Ja. Und Sie?
Ich auch.
Wo wohnen Sie?

In Weißensee. Jetzt in Prenzlauer Berg.
Sie sind bei Michael Kirbach ausgezogen.
Richtig. Und Sie?
Ich bin nirgends ausgezogen.
Ich meine, wo wohnen Sie?
Um die Ecke.
Hier draußen? Seit wann?
Seit zig Jahren.
Und davor?
Hier und da.
Ich auch.

Wir stießen an. Ich roch das Rasierwasser und diesen zweiten Duft, den ich nicht einzuordnen wusste. Der Mann mit den Gebrechen sah geradeaus und lächelte nicht. In dem leicht geöffneten weißen Hemdkragen erahnte ich einzelne graue Haare. *Je t'aime*, flüsterte die Jukebox, *je t'aime*. Der Mann berührte mein Kinn, griff mit Daumen und Zeigefinger zu und drehte meinen Kopf zu sich. Hellbraune Augen unter widerborstigen Brauen rissen an mir. Er wollte etwas sagen. Ich atmete schnell und tief ein. Dann schwieg er. Augen und Finger ließen von mir ab. Ich sagte etwas.

Kennen Sie Rosa Luxemburg?
Selbstverständlich.
Ich verehre Rosa Luxemburg.
Warum?
Sie hatte den gleichen Hüftschaden wie Sie.
Ich weiß.
Wo haben Sie sich den zugezogen?
Unfall. Sie sind eine mutige Frau.
Früher war ich brav.

Interessant.
Leben Ihre Eltern noch?
Nein.
Meine schon.
Ich glaube, es nieselt die ganze Nacht.
Ja.

Als »Je t'aime« zu Ende war, ließ ich mich vom Hocker rutschen, ging zur Jukebox, warf eine Münze ein und drückte die Nummer für »Je t'aime«. Das Lied fing von vorn an, bevor ich auf meinen Platz zurückgekehrt war. Wir schwiegen. Wir lauschten.

Ich wäre auch gern Schauspieler geworden.
Ich auch.
Sie sind doch Schauspielerin.
In gewisser Weise.
In gewisser Weise bin ich auch Schauspieler.
Was sind Sie denn wirklich?
Sie sehen heute sehr schön aus.
Vielen Dank. Sind Sie jeden Abend hier?
Fast.
Ich möchte auch jeden Abend hier sein.
Wissen Sie, was ein Korsett ist?

Der Mann legte einen Geldschein auf den Tresen und stieg vom Barhocker. Ich hörte es knistern. Der Mann ging am Stock zur Tür. Er zog seinen Mantel an und griff nach der Türklinke. Bis Sonnabend, sagte der Mann.

*

Peter bereitete Kaffee am Automaten und erklärte, worauf es dabei ankam.
Diese Ostidioten, sagte er, stellen sich die teuren Maschinen in ihre Küchen, und dann machen sie mit ihren Handwerkerpfoten alles kaputt. Die hochsensible Mechanik sei nur was für Leute mit Fingerspitzengefühl.
Tina lächelte und strich ihrem Mann die vom Schlafen zerzausten Locken aus der Stirn. Sie bereitete das Frühstück vor. Peter stellte drei Latte Macchiato auf den Tisch. Als Johnny rief, gab Tina Peter mit den Augen ein Zeichen, und brav verschwand er ins Kinderzimmer, um mit Johnny auf dem original griechischen Flokatiteppich eine Runde Tipp-Kick zu spielen.
Ich habe Micha für heute Abend eingeladen, sagte Tina, es gibt Marokkanisches Safranhähnchen.
Tina trug eine türkisfarbene, weite Hose und eine dunkelrote Wickelbluse, die die zierliche Taille betonte. In aller Herrgottsfrühe war Tina aufgestanden und hatte im Bioladen den Großeinkauf fürs Wochenende erledigt, um ihre Jungs von dem ungesunden, billigen Fastfood-Leben zu befreien, das sie die Woche über führten. Sie stellte ein Schälchen mit Kiwi- und Orangenscheiben auf den Tisch und setzte sich.
Ihr müsst dringend miteinander sprechen, sagte Tina, du bist jetzt fast eine Woche weg.
Ich bin verabredet, sagte ich.
Mit wem denn?, sagte Tina.
Kennst du nicht, sagte ich.
Ich saß in Tinas Bademantel am Tisch, rieb mir den Schlaf aus den Augen und rührte im Kaffee.
Micha klang völlig verzweifelt am Telefon, sagte sie, er wird dir keine Fragen stellen.

Tina legte die Stirn in Falten. Ich roch ihre zart duftende Tagescreme. Meine Freundin war putzmunter.
Es geht ihm sehr schlecht, sagte sie, er will doch nur, dass du zurückkommst.
Wie soll ich mit ihm reden, sagte ich, wenn er mir keine Fragen stellt?
Stell du ihm welche, sagte Tina, oder beschreib ihm, wie es in dir aussieht.
Ihr Ton bekam etwas Resolutes, beinahe Rechthaberisches. Meine Freundin ließ nicht locker. In der Serie würde die Kamera jetzt auf ihrem streng prüfenden Ausdruck verharren. Bedrohlich anschwellende Klänge würden die Mission, in der Tina unterwegs war, effektvoll unterstützen.
Du musst deine Beziehung klären, sagte Tina, Punkt.
Schnitt auf mich. In meinem Gesicht würde sich nun ein großes Zaudern abspielen. Auf dem Höhepunkt meiner Gewissensbisse würde eine hübsche Außenaufnahme folgen, um die Spannung hoch zu treiben, möglichst mit gut aussehenden männlichen Darstellern, damit die Folge nicht zu frauenlastig geriet.
Kannst du das nicht für mich erledigen, sagte ich gähnend, du bist so geübt darin.
Ich möchte mich da nicht einmischen, sagte Tina.
Ein schmerzlicher Zug huschte um den Mund der Flamenco-Lehrerin.
Hat es im Bett nicht mehr geklappt?, sagte Tina.
Ich schwieg, und da sie an meinem Schweigen zu erkennen meinte, dass sie ins Schwarze getroffen hatte, holte meine Tanzlehrerin hörbar Luft, schlug die Augen nieder und sammelte sich.
Meinst du, sagte sie leise, bei uns läuft es optimal?
Sie machte eine Pause und zupfte an einem Blüten-

blatt des Herbststraußes, der den Frühstückstisch schmückte.
Sie, Tina, erinnere sich gut daran, wie stürmisch es in den Anfangszeiten zugegangen sei, vor zehn Jahren, als sie und Peter noch in verschiedenen Schauspieler-WGs gehaust und sich bei jeder Gelegenheit die Kleider vom Leib gerissen hätten. Dieses Feuer sei, das müsse man sich eingestehen, erloschen, besonders, seit der Junge auf der Welt sei. Schon in der Schwangerschaft habe sie, Tina, darunter gelitten, dass Peter sie nicht mehr angefasst habe, aus einer diffusen Angst, irgendetwas in ihrem Bauch kaputt zu machen. Das wiederum sei wahnsinnig rührend gewesen. Sie aber, Tina, habe sich gerade in jener Zeit so sehr nach dem Gefühl gesehnt, als Frau begehrt zu werden. Natürlich, sie hätten als Liebespaar Durststrecken hinter sich, aber das sei, jedenfalls nach ihrer, Tinas Erfahrung, normal, wenn man so lange zusammen sei und den Alltag gemeinsam meistere. Zur Zeit sei allerdings einiges los im Bett, ein positiver Nebeneffekt ihrer Arbeit in Köln: das Familienleben könne ausschließlich am Wochenende stattfinden. Meistens würden sie sonnabends, wenn Johnny endlich eingeschlafen sei, Sex haben. Sie, Tina, genieße es momentan sehr, mit Peter zu schlafen. Ihre Liebe sei gereift. Peter habe sich zwar daran gewöhnen müssen, erst zu duschen und sich die Zähne zu putzen, bevor er sich zu ihr legen dürfe. Seit das klappe, seien sie sehr zärtlich miteinander. Es gehe nicht unbedingt wild und verrucht zu. Dafür schwinge in jedem Liebesakt das Vertrauen, die vielen gemeinsamen Erlebnisse, die gewachsene Tiefe ihrer Beziehung mit. Manchmal müsse sie, Tina, plötzlich weinen, so intensiv empfinde sie den Wunsch,

mit Peter zusammen alt zu werden. Die nackte Haut, der heiße Atem des anderen, das Wissen umeinander, Treue, Nähe, Respekt. Mit Peter spüre sie, Tina, den Gleichklang der Seelen, eine alles überstrahlende Harmonie, ein stilles Glück, für das sie unendlich dankbar sei.

Wir wünschen uns ein zweites Kind, sagte Tina, erschöpft von ihrem intimen Bekenntnis.

Die Tränen stiegen ihr in die Augen und zwei davon kullerten an ihren schmalen Wangen hinab, genau wie in Folge 231.

Tina und ich kannten uns seit bald zwanzig Jahren. Auf der Erweiterten Oberschule hatten wir nebeneinander gesessen und bei Klassenarbeiten Spickzettel getauscht. Wir hatten uns stundenlang vor dem Spiegel für die Disko kostümiert. Wir waren an den Wochenenden auf Konzerte gerannt, nachts barfuß durch Berlin gestreift und in den Sommerferien nach Bulgarien getrampt, zwei freche, neugierige Mädchen, die andauernd lachten und sich nie und nimmer trennen würden. Wir bändelten mit Motorradcliquen an, brachten auf Ostseezeltplätzen ganze Seminargruppen durcheinander, und unsere Spezialität, sexuell ausgehungerte Soldaten im Ausgang zu verwirren, trieben wir zur Perfektion.

Nach dem Abitur schieden sich unsere Wege. Tina wollte Medizin studieren und arbeitete in einem Pflegeheim. Ich absolvierte, da ich in der neunten Klasse den Entschluss gefasst hatte, Dramaturgin zu werden, ein praktisches Jahr am Theater. In den dämmrigen Nischen der Kantine suchte ich unermüdlich meine Abenteuer. Besonders die älteren Raubeine hatten es mir angetan. Ich war achtzehn Jahre alt, als ich auf

Karl, den achtundvierzigjährigen Schauspieler aus Sachsen, traf. Karl nahm mich auf, nahm mich mit, nahm mich für voll. Das Studium der Theaterwissenschaft, das ich hätte antreten sollen, ließ ich links liegen. Statt mich von milchbärtigen Studenten mit Fremdwörtern zutexten zu lassen, verbrachte ich Hunderte Abende im Zuschauerraum. Karl riskierte alles, wenn der Lappen hochging. Eine vierstündige Aufführung schleppte er weg wie ein Esel. Ich weinte mit ihm, ich lachte mit ihm und konnte mich nicht sattsehen an dem Proleten mit dem heiligen Zorn, der Sätze brüllte, hauchte, sang, und der im Licht der Scheinwerfer manchmal zu schweben schien. Karl war gewaltig und verletzlich, und ich konnte mich nie entscheiden, ob ich Angst um ihn oder vor ihm hatte. Saß Karl nachher in der Garderobe, blickte er unverwandt in den von Lämpchen umringten Spiegel des Schminktischs. Ich zog ihm das feuchte Unterhemd über den Kopf. Er ließ es geschehen wie ein Kind. Ich leckte ihm den Schweiß von der Stirn und sah aus der Nähe die dunklen, aufgemalten Schatten um Nase und Wangenknochen. Die schwarzen Balken unter den Augen verschwammen. Karl schminkte sich ab, stieg in Jeans und Turnschuhe, und in der Kantine standen Bier und Korn bereit, rechtzeitig vom Wirt an Karls Stammplatz gebracht. Er schüttete das erste Bier, spülte mit Korn nach, und der Tisch füllte sich mit Schauspielern und Technikern. Karl zog die Leute an. Auf der Bühne stand er wie ein Pfeiler, in der Kantine saß er wie ein Fels, die Hemdsärmel aufgekrempelt, die Ellbogen auf Holz gestützt. Da Karl maßlos in allem war, reichten ihm drei Biere und drei Schnäpse so wenig wie drei Schachteln Lord extra. Die verqualmte Kantine lärmte Nacht für Nacht ausgelassen vor sich hin. Ich wurde Zeuge suffseliger Verbrüderungen und Verschwörungen. Manchmal flogen Biergläser oder Schuhe, manchmal drehte der Wirt die Musik auf und die Gestalten tanzten. Karl hockte mittendrin, eine Zentralfigur, deren Ingrimm aufglühte und ein stolzes, weiches Herz verbarg. Ich saß an Karls Seite, ich schaute und lauschte, lauschte und schaute, am liebsten auf Karl. Ab und zu flüsterte er mir etwas ins Ohr, und was ich zurückflüsterte, blieb oft das Einzige, was ich in diesen Kantinennächten sprach. Gingen wir früh um drei nach Hause, schwankte Karl, stolperte über seine offenen Schnürsenkel und streichelte mit der Außenseite zweier Finger vorsichtig meine Wange. Karl fiel in die Kissen, und es kam vor, dass eine Pfote gierig nach meinem Hintern griff, während die andere meinen Kopf sanft an die behaarte Brust drückte. Was ich über das Theater wusste, lernte ich bei Karl, was ich über das Leben wusste, lernte ich auch bei Karl. Die Jahre vergingen. Ich liebte Karl, Karl liebte mich; und im Flugzeug nach Portugal, wohin wir in den Sommerferien flogen, kaufte Karl eine Plastikflasche Whisky. Du trinkst doch gar keinen Whisky, sagte ich. Karl antwortete nicht, und ich kapierte sehr spät, dass ich mit einem Alkoholiker zusammenlebte, dass Karl an dem Leben, das er sich ausgesucht hatte und das er so vollblütig ausfüllte, nichts mehr verändern konnte. Der Urlaub war trotzdem schön. Am Theater schlichen sich fade Abende zwischen die lustigen; der Zuschauerraum blieb halb leer, der Kantinentisch auch. Die Leute, die sich um Karl geschart hatten, scharten sich nun um andere Tische, um neue Alpha-Tiere, die ihre große Zeit noch

vor sich hatten, jüngere Männer, schlanke Neuzugänge, von Regisseuren hofiert, von Schauspielerinnen angebaggert. Ich saß neben Karl, der mit sich rang, der wartete und nicht aus seiner Haut konnte, der sich abquälte und sich Mut zusprach. Wieder brauchte ich lange, um zu begreifen, dass es keine vorübergehende Flaute war, dass der Wind sich nicht mehr drehen würde, dass Karl an Kraft verlor. Karl spielte keine Hauptrolle mehr. Er hatte selten Vorstellungen und noch seltener Proben. Karl aber trank doch immer erst nach der Arbeit, und wenn es keine Arbeit gab, die den Tag einteilte, wann war der richtige Moment für den ersten Schnaps? Karl unternahm ausgedehnte Spaziergänge, hörte auf sich zu rasieren und fing an zu kochen. Er freundete sich mit der Fleischersfrau in unserem Haus an, die unten ihr Geschäft betrieb; er ließ sich erklären, wie man Kaninchen marinierte, und kochte die Rezepte seiner toten Mutter nach. Stundenlang friemelte er in der Küche, im Mundwinkel die Zigarette, das Schnapsglas auf dem Spülenrand. Manchmal ging Karl ins Theater, setzte sich auf seinen Stammplatz, soff sich voll und fuhr mit dem Taxi nach Hause.
Einmal nahm sich Karl den weichen, grauen Bart ab und zog sich ein weißes Hemd an. Wir trafen den Intendanten des Rostocker Theaters, mit dem Karl früher oft gearbeitet hatte. Es wurde ein fröhlicher Abend, der mit einem Handschlag endete. Ich bekam, ohne das Studium abgeschlossen zu haben, eine Dramaturgie-Stelle am Rostocker Theater. Ich war vierundzwanzig Jahre alt, als ich meine Koffer packte und Karl mir mitten im August warme Winterschuhe kaufte. Karl sagte: Du wirst deinen Weg machen.

Ich bezog im Theater ein kleines Büro und stürzte mich in die Arbeit, begierig darauf, all das, was ich bei Karl aufgesaugt hatte, in die Tat umzusetzen. Ich brütete über Stücken, stellte Matineen zusammen, gewann Sponsoren, schrieb Pressetexte, diskutierte mit Schulklassen. Meine Einraumwohnung suchte ich nur auf, um ein paar Stunden zu schlafen. Ich schleppte besoffene Regisseure aus der Kantine in ihre Gästezimmer, tröstete verzweifelte Schauspielerinnen, hielt Techniker mit Bierkästen bei Laune und stritt im Künstlerischen Betriebsbüro um Probenzeiten. Für das Weihnachtsmärchen ließ ich mir einfallen, statt eines Programmhefts Lebkuchenmänner zu verkaufen. Jeden Morgen um fünf fuhr ich in eine Bäckerei, tütete Hunderte Lebkuchenmänner ein, bis meine Finger vom Biegen der Drahtverschlüsse bluteten. Auf Proben, wo ich mich am liebsten aufhielt, amüsierte ich mich über Schauspieler. Aber ich sah nie einen wie Karl, und die Ostsee sah ich auch nie.
Am Ende meiner ersten Saison in Rostock plante der Intendant ein Vorsprechen. Ich schlug Tina vor. Nachdem ich auf Karl gestoßen war, hatte ich Tina mit dem Theatervirus angesteckt. Sie hatte ihre beruflichen Pläne geändert, sich emsig an Schauspielschulen beworben und ein solides Studium absolviert. Genau wie ich lechzte sie nun danach, Aufgaben gestellt zu bekommen. Der Intendant lud meine Freundin ein. Die großen braunen Augen, der zierliche Körper und der Hang zur Akrobatik entfalteten auf der Bühne ihre Wirkung. Tina wurde genommen. Wir schwebten auf Wolke sieben, platzten vor Eifer und malten uns eine rosige Zukunft aus. In derselben Spielzeit wurde Peter engagiert. Tina verliebte sich auf der Stelle in den gut

gewachsenen Kerl mit der Lockenpracht. Befeuert von ihren Gefühlen, ackerten die beiden sich durch das Repertoire. Im Akkord spielten sie all jene Rollen, die man nur in der Provinz ergattern konnte, Ferdinand und Luise, Jean und Fräulein Julie, Romeo und Julia. Tina und Peter wurden ein Traumpaar, auf der Bühne und im Leben.

Auf eine der Presseeinladungen hin, die ich regelmäßig verschickte, entsandte die Zeitung einen unverbrauchten Volontär aus der Hauptstadt zu einer unserer Premieren. Micha war jung, gesund und zielstrebig, auf den ersten Blick ein Typ für Tina. Aber Tina liebte Peter, und Micha wollte mich. Er schrieb eine Hymne über die Rostocker »Frau vom Meer« und kam wieder. Er lud mich zu Ausflügen an die Ostsee ein, entführte mich in abgelegene Restaurants und schenkte mir Blumen. Ich griff zu, genoss Michas Potenz, und die Fernbeziehung, die wir in den nächsten Jahren führten, dehnte unsere Verliebtheit ins Unendliche. Wann immer wir einander besuchten, geriet uns das Wiedersehen zum Fest. Die Sehnsucht trieb uns direkt ins Bett. Die gemeinsamen Stunden rasten vorüber, waren viel zu kurz, viel zu flüchtig, und Woche für Woche standen wir eng umschlungen auf trostlosen, düsteren Bahnsteigen. Stieg ich in den letzten Zug nach Rostock, nannte Micha mich die Frau seines Lebens und rannte mit großen Schritten neben dem anrollenden Zug her bis zum Bahnsteigende. Stieg Micha in den Nachtzug nach Berlin, winkte ich lange und sah den Schlusslichtern des ausfahrenden Zuges nach, bis die Gleise kahl und kalt im Dunst lagen. Ich fühlte mich reich, stark, belastbar in diesen Jahren, und doch fragte ich mich manchmal insgeheim, wie lange eine Seele all die Krümmungen und Streckungen schadfrei überstehen konnte. Die Arbeit am Theater schlauchte auf Dauer. Die Theaterferien reichten nicht aus, um sich zu erholen. Wir wurden nicht jünger. Eines Abends brach Tina in der Kantine unvermittelt in Tränen aus. Ich bin schwanger, sagte sie. Ich auch, sagte ich. Wir schluchzten beide. Während Tina noch mit dickem Bauch Liederprogramme sang, gab ich mir bereits im dritten Monat die Erlaubnis, mit Hilfe eines Attests aus Rostock zu verschwinden. Micha hatte es inzwischen zum Theaterredakteur gebracht, was ihn in die Lage versetzte, eine Familie zu ernähren. Wir suchten uns eine schöne Wohnung in Weißensee, in der Platz für drei war. Wir bauten unser Nest, und täglich zusammen zu sein, erschien uns als ein wunderbarer Luxus. In den letzten Wochen, in denen ich mich prallbäuchig, kurzatmig und mit aufgeschwemmten Händen und Füßen die Treppen hinaufschleppte, servierte Micha mir Tee, schrubbte mir in der Badewanne den Rücken, massierte stundenlang meinen Bauch. Er klopfte an die sich in Übungswehen härtende Kugel, plauderte mit dem Baby und lullte es mit selbstgedichteten Reimen ein. Während der zähen Geburt wich Micha keine Sekunde von meiner Seite. Nie im Leben hätte ich diesen natürlichsten aller Vorgänge, von dessen Brutalität ich mir vorher aus gutem Grund kein Bild gemacht hatte, ohne Micha bewältigt. Er schnitt die Nabelschnur entzwei, lernte im Nu wickeln, legte mir Weißkohlblätter auf die Brüste und schleppte das Kindchen im Tragetuch herum. Ich war lange fassungslos über das klitzekleine, perfekte Wesen namens Paula. Als ich begann, dem Glück zu trauen, dankte ich dem Herrgott für das Geschenk und stürzte mich in die Mutterfreuden. Lachend verglichen Micha und ich Farbe und Tiefe unserer Augenringe vor dem Spiegel, betrachteten das Abbild unserer Familie, tauschten Küsse und Liebkosungen, die doch nur ein matter Widerschein dessen waren, was uns im Innern zusammenschmiedete. Micha barst vor Stolz auf seine Tochter. Ich war bis über beide Ohren verknallt in Paula. Staunend schauten wir ihr beim Wachsen zu und konnten uns nicht sattsehen an Fingerchen, Äuglein, ersten Löckchen. Micha kehrte, nachdem ich einen Stillrhythmus gefunden hatte, in die Redaktion zurück. Ich fuhr mit dem Kinderwagen meine Runden, lernte im Park Mütter kennen und traf des Öfteren Peter, der seinerseits mit Johnny Spaziergänge unternahm und ansonsten die Ämter beschiss und von Sozialhilfe lebte. Auch Tina und Peter hatten Rostock den Rücken gekehrt. Peter war entlassen worden. Tina hatte der Liebe und der Schwangerschaft wegen gekündigt. Wie wir hatten sie sich in Berlin eine Wohnung genommen. Ein Kindertheater, dessen Problemstücke auf Gedeih und Verderb hoffnungsvolle Enden aufweisen und ganz und gar ohne Tiere auskommen mussten, bemühte sich um Tina. Sie pumpte Milch ab, wurde schnell dünn, spielte lauter kleine Mädchen und fing eine Affäre mit einem Tänzer an, die sie mühelos vor Peter verheimlichte. Nie zuvor hatte ich meine Freundin abgemagerter gesehen, und in diesen Monaten bemerkte ich zum ersten Mal, wie die großen braunen Augen und das anteilnehmende Gesicht zur Maske erstarrten. Ich hingegen behielt zehn Kilo zu viel auf den Hüften. Alles an mir wurde weicher, runder, mütterlicher, und es gelang mir nicht mehr, mir vorzustellen, wie mein Leben ohne Paula ausgesehen haben mochte. Wenn ich über meine Figur jammerte, riet Tina mir, meinen Hintern mit leger fallenden Langblusen zu kaschieren. Micha wischte alle Bedenken weg, indem er Paula und mich herzte, die Nase in unsere weiße Haut und unsere Fettpölsterchen steckte und wieder und wieder sagte, wie dick auch immer wir werden würden, er liebe uns wie verrückt, und unser Duft sei sein Zuhause. Schon immer hatte ich Michas Entschlusskraft geschätzt. Schon immer hatte ich bewundert, wie er jeden zweiten Abend, ohne zu murren, ins Theater ging, und am Vormittag seine Kritiken verfasste, gebildet, humorvoll, entschieden. Während ich den Anschluss an die Theaterwelt erleichtert aufgab, um mich mit Paula beim Babyschwimmen zu amüsieren, mich mit anderen Müttern auf Parkbänken auszutauschen, in Kinderboutiquen niedliche Kleider zu kaufen, gelang es Micha, Arbeit und Familie zu managen. Er konnte Schlaflieder singen, Paulas Po abwischen und ihre winzigen Zehennägel schneiden. Seit Micha nicht nur mein Mann, sondern auch der Vater meiner Tochter war, ergriff mich manchmal ein ungekannter Frieden. Ich hatte damals in Rostock instinktiv einen Hauptgewinn gezogen. Als Paula anderthalb Jahre alt wurde, gönnten wir uns einen Urlaub an der Ostsee. An jenem Strand, an dem Micha und ich uns zum ersten Mal geküsst hatten, hielten wir Paulas Füßchen in die salzigen Wellen. Das ist eine Premiere!, rief Micha aufs Meer hinaus, Paula quiekte vor Vergnügen, und ich schloss meine beiden in die Arme und hielt das Glück ganz fest.

*

Die Beinlosen freuten sich, als ich die Hellersdorfer Perle bereits um einundzwanzig Uhr betrat. Sie schauten auf die schwarze Tragetasche, mit der ich hereingekommen war. Ich hängte den Mantel auf. Ingeborg stellte mir einen Sekt bereit. Die Tragetasche nahm ich mit an meinen Platz und legte sie auf den Hocker neben meinem, dahin, wo in zwei Stunden der Mann mit dem Stock sitzen würde. Das störrische Papier raschelte laut.

Ich hatte in den vergangenen Tagen mehrere Anläufe gebraucht, um das Korsett zu finden. In den Dessous-Abteilungen der Kaufhäuser hing nur Schnickschnack, und in den Lack- und Lederläden mit ihren Peitschen, Masken und Federboas sah alles nach Fasching aus. Ich war diversen Tipps von Verkäuferinnen gefolgt und kreuz und quer durch die Stadt gefahren. In einer grauen Seitenstraße tief im Westen betrat ich ein bis unter die Decke mit Pappschachteln vollgestopftes Geschäft. Gestelle barsten von Büstenhaltern und Hüftgürteln, Berge von Miederwaren türmten sich auf Schichten von Teppichen. Die Verkäuferin verstand mich auf Anhieb, brachte ein schwarzes Modell zum Vorschein, klassisch, edel und schlicht, das sie mir schnürte, bis ich meinte, die Eingeweide zerplatzten. Meine Taille wurde so schmal, als sei ich wieder zwölf. Ich fühlte mich wie eine Eieruhr. Die Verkäuferin fixierte die Schnürung im Rücken, meterlange, schwarze Bänder, und weihte mich in die Verschlusstechnik auf der Vorderseite ein. Am Anfang, hatte sie gesagt, braucht jede Hilfe.

Ich kippte den Sekt in einem Zug.

Kannst du mir helfen?, sagte ich.

Ingeborg zuckte nicht mit dem Auge. Sie trocknete

sich die Hände ab und stakste voran zum Damenklo. Ich griff die Tragetasche und lief Ingeborg durch den dämmrigen Gang nach. Sie öffnete die Tür mit dem Schild, das eine Frau in Totalreduktion darstellte: auf dem dreieckigen Körper saß ein kugelförmiger Kopf – keine Beine, keine Arme, keine Haare, kein Gesicht. Ingeborg knipste das Neonlicht an. Während ich mich auszog, nahm sie das Korsett aus dem Karton. Sie legte es mir um den Leib, richtete die Schnüre in meinem Rücken.
Ausatmen, sagte Ingeborg und drehte mich zu sich um. Ich hauchte die letzte Luft aus meinen Lungenflügeln. Entschlossen quetschte Ingeborg den festen Stoff zusammen, bugsierte die Knöpfe in die Ösen, von unten nach oben, genau so, wie es die Verkäuferin angeordnet hatte. Ingeborg besaß nicht nur erstaunliche Kraft, offensichtlich war sie auch mit den technischen Finessen vertraut.
Ich kann nicht mehr, presste ich hervor.
Quatsch, sagte Ingeborg, noch mal ausatmen!
Ich japste und gehorchte. Ingeborg schloss die mittleren Knöpfe.
Woher kannst du das so gut, stöhnte ich.
Sie schien keine Konditionsprobleme zu kennen.
Früher mal, sagte Ingeborg, hab ich so ein Ding jeden Abend getragen.
Du bist vom Fach?, sagte ich, als Ingeborg den letzten Knopf geschlossen hatte.
Ich war dreißig Jahre im Geschäft, sagte Ingeborg, Alfis Achterbahn, Neukölln, kein Begriff?
Nie gehört, sagte ich.
Ingeborg machte sich mit geschickten Fingern an meinen Strümpfen zu schaffen.

Irgendwann, sagte sie, habe ich einen Freier geheiratet, den Rudi, und mit ihm den Laden übernommen.
Alfis Achterbahn?, sagte ich.
Nee, sagte Ingeborg, die Perle!
Sie sei ja auch nicht mehr die Jüngste gewesen, und dann immer diese geizigen Touristen. Eigentlich hätten sie die Perle Rudis Resterampe nennen wollen. Dann aber sei Rudi gestorben, einundneunzig, kurz vor der Eröffnung.
Ingeborgs Inselchen, sagte ich.
Ingeborg half mir in Rock und Bluse, zog die Reißverschlüsse meiner Stiefel zu, und bevor ich sie nach dem Mann mit dem Stock fragen konnte, verschwand sie aus dem Damenklo und stakste eilig zurück zum Tresen. Ich knipste das Neonlicht aus, trat in den dämmrigen Gang und stellte mich vor den Spiegel, der direkt gegenüber der Klotür an der Wand hing.
Ich trug einen Panzer, der die selbstverständlichsten Regungen verbot, und fühlte mich so groß wie nie zuvor. Ich drehte mich eine langsame Runde, betrachtete mich von hinten, strich über Bluse und Rock, über die Form, in die ich gegossen war. Mein Leib spürte so gut wie nichts davon. Ich richtete die Brüste in den Körbchen, bis sie ein üppiges Dekolletee vortäuschten. Ich musste lachen. Mein Zwerchfell bäumte sich gegen Metall. Ein kleiner Schwindel überkam mich. Die Hitze, der Kreislauf, die abgeschnürte Luft. Ich tuschte die Wimpern, bürstete die Haare, malte die Lippen an. Ich sah mir ins Gesicht. Da stand sie, die Frau im Spiegel, Mitte dreißig, groß geworden an FKK-Stränden, wie alle aufgewachsen mit dem Aufklärungsbuch *Denkst du schon an Liebe?*, und trug unter den Kleidern die volle Hurenmontur. Ich hatte

das Buch so oft gelesen, bis es zerfallen war, und doch nicht gefunden, was ich suchte. Ich setzte mich in Bewegung, das Gefühl eines Stocks im Rücken. Das Damenklo war jetzt mein Ankleidezimmer. Ingeborg war meine Dienerin. Meine Absätze knallten auf Stein, als ich langsam an der Jukebox vorbei in den Schankraum schritt. Am Tresen saß der Mann im Mantel. Als er mich sah, rissen Augen unter widerborstigen Brauen an mir. Ich blieb stehen. Der Mann legte einen Geldschein auf den Tresen. Ingeborg polierte Gläser. Die Beinlosen grinsten mich an. Der Mann stieg vom Hocker, griff nach dem Stock und humpelte zur Tür. Der Stock pochte. Der Mann nahm meinen Mantel vom Haken. Ich ging fünf Schritte und ließ mir in den Mantel helfen. Der Mann öffnete die Tür und bot mir den Arm. Gehen wir, sagte er. Gern, sagte ich. Wir verließen die Hellersdorfer Perle und traten hinaus in die schwarze, nasse Nacht.

*

Ich war außer Atem, als ich vorsichtig den Schlüssel im Schloss drehte. Mein Keuchen hallte durch das Treppenhaus. Auf dreckigen Stiefeln schlich ich durch den dunklen Flur. Meine Haare tropften. Ich fand die Küchentür, machte sie hinter mir zu und schaltete das Licht an. Ich füllte ein Glas mit Leitungswasser und stürzte es herunter. Ich zog den nassen Mantel aus. Hellbraune Schlammspritzer überzogen seine Schöße. Meine Bandscheiben schmerzten, die Knie zitterten, die Füße waren fühllos vor Kälte. Ich knöpfte mit fahrigen Bewegungen die Bluse auf und quetschte mit den Oberamen das Dekolletee zusammen, damit es

sich öffnete. Es klappte nicht, so sehr ich die Metallstreben im Stoff auch gegeneinanderpresste. Sie verkanteten sich nur. Ich verbiss einen Fluch in die Lippen. Den ganzen Weg war ich tapfer zu Fuß nach Hause gestapft. Der Mann hatte es befohlen. Er hatte mich erst ein halbes Stündchen mit dem Stock begleitet. Dann hatte er mit den Bauarbeiterhänden die feste Form unter meinem Mantel betastet. Ich hatte keine Gier in den Griffen erkannt, eher ein Kontrollbedürfnis. Zum Abschied hatte er mit den Knöcheln von Zeige- und Mittelfinger über meine Wange gestrichen und mich allein in die Nacht geschickt. Ich war entlang der Schienen der Linie sechs in Richtung Innenstadt gelaufen und hatte sogar noch gesungen. Dann hatte es heftig zu regnen begonnen. Die Heulerei stieg mir als Stechen den Hals hinauf. Ich durfte jetzt nicht die Nerven verlieren. Ich würde es niemals allein schaffen, das Korsett auszuziehen. Ich selbst hatte mich in diesen jämmerlichen Zustand gebracht. Ich zwang mich, ruhig zu atmen, knipste das Licht aus und schlich ins Wohnzimmer zum Sofa. Ich hatte keine Kraft mehr, gegen den Widerstand der stählernen Stäbe zu kämpfen. Auch Stiefel und Rock behielt ich an. Wie ein Brett ließ ich mich auf das Polster plumpsen. Ich lag auf dem Rücken. Es war drei Uhr nachts. Die Tränen liefen mir aus den Augenwinkeln in die Ohren. Das Schluchzen unterdrückte ich, aber mit jedem Ruck meines Brustkorbs meinte ich, ersticken zu müssen. Aus dem Bad hörte ich die Klospülung rauschen. Dann stand Peter in der Tür. Er schaltete die Stehlampe von Manufactum an.
Du wieder, sagte er, wieso liegst du mit Schuhen im Bett?

Ich winkte ihn heran und streckte die Hand nach seiner aus. Peter zog mich hoch, bis ich stand, und strubbelte sich verstört die Locken.
Du musst mir helfen, flüsterte ich, du hast doch Fingerspitzengefühl.
Was hast du denn an?, flüsterte Peter.
Ich krieg es allein nicht aus, flüsterte ich, du musst die Vorderschließe öffnen.
Peter betrachtete das Korsett. Er nestelte an den Knöpfen und Ösen, drückte sie mit den Daumen gegeneinander, versuchte von innen die Leisten zu bewegen, schüttelte den Kopf.
So wird das nichts, sagte er.
Streng dich an, sagte ich, ich zahl dir auch was in die Kaffeekasse.
Peter sah mich prüfend an; den Blick kannte ich von Johnny. Dann verschwand er im Flur und kam mit dem Werkzeugkasten zurück. Er zückte eine kleine Zange.
Wir müssen das Ding aufbiegen, sagte Peter.
Bist du verrückt, zischte ich, dann kann ich es wegschmeißen!
Ich drehte Peter den Rücken zu.
Los, aufbinden, sagte ich, zuerst in der Mitte!
Peter ging hinter mir in die Knie. Er friemelte an den Schnüren herum. Die Dauerspannung um meinen Leib ließ kein bisschen nach.
Warum machst du denn nichts, zischte ich, du wirst wohl noch ein paar Knoten aufkriegen!
Ich möchte mal wissen, wie du hier reingekommen bist!, sagte Peter.
Das möchte ich allerdings auch wissen, sagte Tina.
Peter und ich rissen erschrocken die Köpfe herum.

Tina stand in der Wohnzimmertür. Sie trug ihren Bademantel. Im Gesicht klebten die eingetrockneten Reste einer Pflegemaske.
Könnt ihr mir bitte erklären, was ihr hier treibt?, sagte sie.
Keine Ahnung, sagte Peter und machte sich aus dem Staub.
Wir sprechen uns noch, zischte Tina ihm hinterher.
Sie lehnte sich mit verschränkten Armen in den Türrahmen.
Weißt du eigentlich, dass ich mich den ganzen Abend um deinen Freund gekümmert habe?, sagte Tina.
Ich habe dich nicht darum gebeten, sagte ich.
Hast du denn gar kein Herz, sagte Tina. Micha hat bis um eins in der Küche gesessen und auf dich gewartet. Es geht ihm so schlecht.
In meinem Rücken spürte ich ein winziges Rutschen. An der Panzerung regte sich etwas.
Meine Liebe, sagte Tina, hast du vergessen, dass du eine Tochter hast? Eine kleine, süße Tochter, die vor Sehnsucht nachts nicht schlafen kann? Die dich bedingungslos liebt? Die dich braucht, wie jedes Kind seine Mutter braucht? Wie weit willst du diesen Unsinn denn noch treiben? Du hast eine Familie! Und du hast Verpflichtungen, verdammt noch mal!
Auf einmal spürte ich, wie das Korsett nachgab. Der gute Peter hatte es doch geschafft. Ich genoss jeden Atemzug. Ich musste Peter morgen großzügig entlohnen.
Paula vermisst dich, schrie Tina, sie fragt jeden Tag nach dir!
Johnny vermisst dich, sagte ich, er fragt auch jeden Tag nach dir.

Ich arbeite, schrie Tina, und zwar hart, das ist wohl ein Unterschied!
Ich arbeite auch hart, sagte ich und verengte die Augen zu Schlitzen, oder meinst du, ich mach das hier zum Spaß!
Ein Hochgefühl überkam mich. Die Schnüre in meinem Rücken lösten sich mehr und mehr. Das Blut kehrte in die Adern zurück. Die Knochen, die Eingeweide, alles schob sich an seinen Platz.
Du bist die ganze Woche nicht zu Hause gewesen!, schrie Tina.
Ein Krümel der Pflegemaske fiel auf das Parkett. Dieses Malheur machte die Einstellung unbrauchbar. Wir würden sie noch einmal drehen müssen.
Du bist schon vor einem Jahr abgehauen!, schrie ich.
Ich komme jedes Wochenende, um meine Liebsten zu sehen!, schrie Tina.
Jetzt weichten Tränen die vertrockneten Krümel auf. Ein Fall für die Stylistin. Nachschminken. Glanz wegpudern. Klappe die dritte.
Außerdem, schrie Tina, kann Johnny mich jeden Abend im Fernsehen sehen!
Damit kann ich allerdings nicht dienen, schrie ich, meine Arbeit eignet sich nicht für die breite Masse!
Du bist vollkommen übergeschnappt!, schrie Tina.
Sie schaute verächtlich an mir herab, reckte das Kinn, stieß Luft durch die Nasenlöcher aus, und das Letzte, was ich von meiner Freundin sah, waren die wehenden Enden des Bademantels. Wenigstens der Abgang hatte Klasse. In unserer nächsten Folge, ich ahnte es bereits, würde es um das grausame Schicksal von Trennungskindern gehen. Zufrieden mit meinem Gastauftritt in Tinas Serie löste ich die Strapsbänder von den

Strümpfen, lockerte die Schnüre in meinem Rücken. Ich öffnete die Vorderschließe, Knopf für Knopf, Öse für Öse. Auf der Haut sah ich Quetschungen, rote Druckstellen, Falten. In den Händen hielt ich den riesigen, schwarzen, toten Schmetterling.

*

Noch in der Nacht brach ich nach Hause auf. Ich wuchtete den Koffer über die Schwelle, zerrte die Stiefel von den Füßen, schlich zu Paula, und das Gefühl, nicht eine Woche, sondern ein Jahr verreist gewesen zu sein, übermannte mich erst, als ich im dunklen Kinderzimmer, durch dessen Fenster ein blasser Mond schien, auf Paulas gleichmäßigen Atem lauschte. Ich hielt die Tränen nicht zurück. Im Bad wusch ich mein rotverheultes Gesicht und vermisste meine Zahnbürste, die im vierten Geschoss eines Mietshauses in Prenzlauer Berg zwischen Johnnys, Peters und Tinas Zahnbürsten im Porzellanbecher stand. Ich benutzte Paulas Minimodell und legte mich im Ehebett an die äußerste Kante. Micha erwachte nicht. Nach zwei Stunden wurde es draußen hell, und Paula tapste ins Zimmer. Sie sah mich an, sah ihren schlafenden Papa an, sah wieder mich an. Sie krabbelte in die Mitte des Ehebetts und hielt auf allen vieren inne. Angestrengt überlegte sie. Ich konnte sehen, wie die Rädchen in ihrem Gehirn ratterten. Dann kroch sie zu Micha unter die Decke. Micha wälzte sich und nahm Paula in seine Arme auf, ohne die Augen zu öffnen.
Meine Süße, komm her, flüsterte ich und hielt die Decke hoch.

Paula stellte sich taub.
Lass den Papa schlafen, flüsterte ich, komm.
Paula grub das Gesicht in Michas Achselhöhle. Ich sah nur einen zerzausten Lockenschopf. Paula regte sich nicht. Ich schwieg, damit Paula meiner zittrigen Stimme das Flehen nicht anhörte. Ich schloss die Augen und wischte die Tränen ab. Ich versuchte, mich zu beruhigen und meine Atmung zu kontrollieren. Dass Paula mich mit Nichtachtung strafte, war ihr gutes Recht. Viele Minuten vergingen in der Stille. Ich streckte den Arm nach Paula aus und kitzelte sie mit einem Finger am Hals. Paula kuschelte sich fester an Micha.
Er erwachte, blinzelte mich kurz an, schaute auf den Wecker, küsste Paula und stand wortlos auf. Ich hörte, wie er in der Küche herumzuklappern begann. Paula versteckte sich unter Michas Decke vor mir.
Die Mimi hat sich verlaufen, flüsterte ich.
Paula riss den Kopf herum und grinste. Ruckzuck schlüpfte sie unter meine Decke, klemmte ihre Füßchen zwischen meine Oberschenkel und kicherte.
Aber wo warst du denn wieder, du dumme Mimi!, flüsterte Paula aufgeregt.
Mimi war eine fette, faule, sächselnde Katze mit weißem Fell und grauenvoller Stimme. Das rechthaberische, wasserscheue Tier schielte schlimm und boykottierte alles, was nicht Fisch war. Wir hatten Mimi irgendwann in einem Anfall von Blödelei erfunden. Seither spielte ich die Katze mit Inbrunst und Paula genoss es, dem lernunfähigen Tier wieder und wieder die Welt zu erklären.
Mimi, wo du warst, will ich wissen!, flüsterte Paula und rüttelte an meiner Schulter.

Ich legte die Zungenspitze in den Mundwinkel und rollte die Augäpfel blitzend nach innen.
Im Fischladen!, knurrte Mimi.
Mimi!, rief Paula empört, schon wieder!
Ich hab Fische gefressen!, knurrte Mimi.
Mimi!, rief Paula mit glühendem Eifer, du sollst nicht immer Fische klauen!
Doch, doch, doch!, rief Mimi und bohrte ihren quadratischen Schädel in Paulas Bauch, im Fischladen gibt's die fettesten Fische!
Paula kreischte vor Wonne.
Hör sofort auf, du olle Mimi!, schrie sie, floh aus dem Bett, Mimi stürzte hinterher, und nach einer Verfolgungsjagd durch die ganze Wohnung riss Paula die Kühlschranktür auf, holte einen Luftteller voller Luftfische heraus und schmiss ihn Mimi vor die Pfoten, die ihn gierig schlabbernd vertilgte.
Mimi hatte einen realen Platz in unserem Leben eingenommen und uns bisher ein echtes Haustier erspart. Mit größtem Wohlgefühl gab ich den ganzen Sonntag die Katze und gewann im Handumdrehen Paulas Zuneigung zurück. Unser altes Spiel hatte mich gerettet.
Michas Zuneigung indes blieb mir die ganze Woche über verwehrt. Er hatte am Sonntag unter einem Vorwand die Wohnung verlassen und war erst Mitternacht heimgekehrt. Seither schwieg er mich laut an und vermied es, mit mir allein zu sein. Er ging früher als üblich in die Redaktion, kam später zurück und mimte nur Paula gegenüber den fröhlichen Papa. Unser Austausch beschränkte sich auf ein Mindestmaß: Wer kauft ein, wer bringt Paula zur Kita, wer holt sie ab, wer wäscht ihr die Haare. Sobald Paula versorgt

oder außer Haus war, verfiel Micha wieder in das abweisende Schweigen. Unsere geräumige Wohnung eignete sich gut, einander nicht unnötig begegnen zu müssen. Micha machte vollen Gebrauch davon. Er wich mir aus und tat, als sei ich nicht da. Ich entschuldigte mich bei ihm, ich bat ihn, mir zuzuhören, ich schlug vor, wieder einmal gemeinsam ins Theater zu gehen oder einen Ausflug an die Ostsee zu unternehmen, genau wie früher. Ich versuchte, ihm begreiflich zu machen, dass ich selbst nicht verstand, was mich von zu Hause fortgetrieben hatte, dass ich es bereute und mich dafür verachtete. Ich dackelte ihm hinterher und redete auf ihn ein, behutsam, mit Nachdruck oder unter Tränen. Doch es machte keinen Unterschied, Micha ließ sich nicht erweichen. Ich schrieb ihm einen langen Entschuldigungsbrief. Ich kochte Michas Lieblingssuppe. Ich besorgte einen neuen Satz Zahnbürsten für die ganze Familie und kaufte jene Nudelmaschine, die Micha sich schon lange wünschte, ein Modell aus Edelstahl mit viel Zubehör, das dreizehn Sorten Teigwaren herzustellen im Stande war. Ich verzierte das Geschenk mit einer dicken, roten Schleife und stellte es mitten auf die Arbeitsfläche. Ich zeigte meinen ungebrochenen Willen zur Häuslichkeit, putzte alle Schuhe, wusch die bodenlangen Vorhänge in allen Zimmern und schaffte Michas Anzüge in die Reinigung. Blieb Micha abends zu Hause, schaute er fern, und kroch ich zu ihm ins Bett, stellte er sich schlafend. Nachts, wenn Micha aus dem Theater kam, erwartete ich ihn in der Küche mit einem frisch zubereiteten Salat und erkundigte mich, wie ihm die Aufführung gefallen habe. Micha schwieg, wies mich ab, und der einzige Satz, den er wiederholte, wenn ich ihn allzu sehr bedrängte, lautete: Ich brauche Zeit. Die stumme Entschlusskraft, die ich an Micha stets bewundert hatte, nun richtete sie sich gegen mich. Verzweifelt hielt ich mich an Paula, kuschelte viel mit ihr, spielte stundenlang Mimi und hoffte inständig, irgendwann würde Micha mich erlösen und mir endlich wieder in die Augen sehen.

Am Sonntagabend kam Tina auf einen Sprung vorbei. Na ihr Helden!, sagte sie und strahlte uns an, geht's euch wieder gut?

Ich umarmte sie herzlich und kochte uns Früchtetee. Micha brachte Paula ins Bett, nahm sich ein Bier aus dem Kühlschrank und setzte sich zu uns.

Ich bin dir dankbar, sagte er zu Tina, du hast mir sehr geholfen am letzten Wochenende.

Ach was, das ist doch selbstverständlich unter Freunden, sagte Tina und schlug bescheiden die Augen nieder, eine Beziehung ist eben Arbeit, Hauptsache, die Dinge bleiben in Bewegung.

Wir müssen uns mehr umeinander kümmern, sagte Micha, was unternehmen, ins Kino, schön essen gehen, nur wir zwei.

Er sah mich an.

Ja, sagte ich, verblüfft über Michas normalen Tonfall.

Das ist doch toll, sagte Tina begeistert.

Vielleicht reicht es schon, wenn wir miteinander reden, sagte ich, so wie jetzt.

Stimmt, sagte Micha, das ist nicht gerade meine Stärke.

Ich wollte mich eigentlich gar nicht mehr einmischen, sagte Tina, und eine strenge, selbstkritische Falte erschien zwischen ihren Augenbrauen, aber eines muss ich einfach loswerden: Nach so vielen gemeinsamen

Jahren ist es eine echte Leistung, wie ihr den Alltag meistert.
Liebst du mich noch?, sagte Micha.
Natürlich, sagte ich heiser und erschrocken.
In Tinas Augen stieg das Wasser.
Wir haben vieles zu besprechen, sagte Micha, aber das wird dauern.
Ich nickte beschämt.
Ich kann nicht auf Knopfdruck so tun, als sei nichts vorgefallen, sagte Micha.
Immer mit der Ruhe, sagte Tina, ihr dürft euch jetzt auf keinen Fall überfordern.
Ich möchte gern alles wiedergutmachen, sagte ich.
Du hast mich sehr verletzt, sagte Micha.
Ihr müsst die Krise gemeinsam durchstehen, sagte Tina, und ihr müsst dabei achtsam miteinander umgehen.
Micha und ich nickten.
Gibst du mir noch eine Chance?, sagte ich.
Gibst du uns noch eine Chance?, sagte Micha.
Wenn ihr im Augenblick nicht weiterkommt, dann vertagt das Gespräch, sagte Tina, die Wunden können nur heilen, wenn man ihnen Zeit gibt.
Ich schaute Micha an. Micha schaute auf die Uhr. Es war zehn nach acht.
Wie findest du eigentlich unsere neue Nudelmaschine, sagte er, die haben wir uns endlich gegönnt.
Das ist doch ein Anfang, sagte Tina und schürzte die Lippen, man soll sich manchmal Wünsche erfüllen.
Die Maschine ist ein Hit!, sagte Micha, sprang zu ihr hin und drehte an der gusseisernen Kurbel.
Ihr könnt uns ja mal zum Essen einladen!, sagte Tina.
Gern, sagte ich.

Micha entfernte mit dem Finger einen Mehlrest vom glänzenden Edelstahl. Dann verschwand er mit seinem Bier ins Wohnzimmer.
Tina schlürfte Tee und erzählte mir, dass ihr eine furchtbar anstrengende Woche bevorstand. Sie habe noch händeringend versucht, in die Drehpläne einzugreifen, aber es habe nichts genutzt. Also häuften sich die Schicksalsschläge, das sei schauspielerisch harte Seelenarbeit. Morgen ab elf erleide ihre beste Tanzschülerin einen Schwächeanfall wegen Magersucht. Am Dienstag schon müsse die Flamenco-Lehrerin die Mitteilung verkraften, dass sie ein Adoptivkind sei, dessen leibliche Eltern bei einem Gebirgseinsatz in eine Todesschlucht gestürzt seien.
Aus dem Wohnzimmer drang Sirenengejaule.
Das alles, fuhr Tina fort, führe zu einer Fehlgeburt am Mittwoch, ein Schock, schließlich habe die Trainerin bis dahin nicht einmal gewusst, dass sie schwanger sei. Nach aufreibenden medizinischen Tests stelle sich am Donnerstag heraus, dass ausgerechnet dieser eitle, unbegabte Macho, mit dem man nicht spielen könne und auf den Peter grundlos eifersüchtig sei, der Vater gewesen wäre. Sie, Tina, habe noch andere Kandidaten vorgeschlagen, es hätte durchaus Alternativen gegeben, aber nein, die Autoren hätten nicht mit sich reden lassen und erklärt, der eitle Macho sei zwar ein hundsmiserabler Schauspieler, sein Erscheinen auf dem Bildschirm jedoch treibe die Einschaltquoten in die Höhe. Drei Kreuze würde sie, Tina, machen, wenn das Team am Freitagnachmittag das dem Schock folgende Beziehungsgespräch unter vier Augen im Kasten habe.
Micha kam herein.

Diese Kommissare, sagte er, werden immer schlechter. Er berührte selbstvergessen die Nudelmaschine, nahm sich ein neues Bier und verschwand ins Wohnzimmer.
Und du, sagte Tina und schenkte mir ihre ungeteilte Aufmerksamkeit, hast du beruflich was in Aussicht?
Na ja, sagte ich, ich habe ein Textbüro in Köpenick angeschrieben. Die wollen, dass ich die Korrekturzeichen lerne, und wenn's gut läuft, kann ich Manuskripte korrigieren, Grammatik, Orthographie, Satzfehler.
Das ist ja Klasse, rief Tina, du hast doch so ein Talent!
Ich hatte nach Paulas Geburt hin und wieder befristete Jobs angenommen, eine Geschichte für einen Weihnachtskalender verfasst oder für eine Fachmesse Infoblätter in verständliches Deutsch gebracht, Gelegenheitsaufträge, die vom Aufwand überschaubar geblieben und nicht mit meinen Verpflichtungen als Mutter kollidiert waren. Auch die Idee mit dem Korrekturlesen ließ sich hoffentlich mit Paulas und Michas Terminen vereinbaren. Es würde mich mit Genugtuung erfüllen, etwas zum Familienbudget dazuzuverdienen. Micha würde es gefallen, dass ich wieder einer Aufgabe nachging.
Dieses monströse Teil, das du neulich anhattest, flüsterte Tina, wofür sollte das denn gut sein?
Ich wollte mich halt auch mal verkleiden, flüsterte ich.
Morgen früh um fünf sitz ich schon im ICE, sagte Tina und umarmte mich zum Abschied, ich werde das schon schaffen, es macht ja Spaß!
Meine Freundin sprang die Treppen hinunter. Ich räumte die Teegläser in den Geschirrspüler und lauschte. Im Wohnzimmer fielen Schüsse. Ich pflückte im Bad ein paar schwarze Wäschestücke von der Leine.

Dann zog ich Bluse, Rock und Stiefel an, schloss den Mantelkragen bis zum Kinn und ging leise aus der Wohnung.

*

Als die Bahn die Stelle passierte, an der das stehende Auto gewackelt hatte, stand ich auf und drückte den Halteknopf. Ich hatte mir angewöhnt, stets eine Station vor der Endhaltestelle auszusteigen, um dem Fahrer nicht zu begegnen. Ich lief am Rande der Betonpiste durch die nächtliche Ödnis. Das Korsett führte ich in der Reisetasche bei mir. Die stachligen Büsche kratzten an meinem Mantel. Auf der Rollstuhlrampe schüttelte ich die Haare. Als ich eintrat, saß der Mann schon da, vor sich ein halbvolles Glas Bier. Ich schaute irritiert zu Ingeborg. Es war erst um zehn. Guten Abend, sagte ich. Obwohl der Mann mich nicht ansah, meinte ich, seinem Körper eine minimale Verstörung abzulesen. Ingeborg schaute auf ihre Fingernägel. Sie rauchte. Ich hängte den tropfnassen Mantel auf, nahm die Tasche und ging in Richtung Damenklo. Ingeborg drückte die Zigarette aus und folgte mir, ohne zu fragen. Ich knipste das Neonlicht an und zog mich im kahlen Vorraum aus. Meine Haut schimmerte weiß und glatt. Die Versehrungen aus jener Nacht, in der ich das Korsett zuletzt getragen hatte – längst waren sie verschwunden. Ingeborg kleidete mich stumm an; meisterhaft fixierte sie die Schnürung im Rücken. Sie half mir in Rock und Bluse, und zum Schluss wienerte sie die Stiefel mit einem Blatt aus dem Papierspender blank. Dann stakste sie geschwind zum Tresen zurück. Ich schminkte mich vor dem Spiegel, kontrollierte den

Sitz des Rocks, und als ich mich zum Gehen wandte, verabschiedete ich mich mit einem kurzen Blick von mir. Mit hallenden Schritten durchmaß ich den dämmrigen Gang, bereit für die Nacht. Im Schankraum stolzierte ich auf meinen Platz. Ich krallte mich am Tresen fest und bestieg meinen Hocker. Die Panzerung erlaubte mir keinen krummen Rücken. Sehr aufrecht saß ich neben dem Mann. Hätte ich mich ihm zugewandt, ich hätte auf ihn herabgesehen. Langsam nippte ich am Sekt. Durch den dünnen Stoff des Rocks spürte ich die Kühle des Lederpolsters. Mein Hintern musste sich deutlich über die Sitzfläche wölben. Dass die feuchten Blicke der Beinlosen daran festklebten, wusste ich. Der Mann roch nach Rasierwasser. Ich blickte auf die Bauarbeiterhände, die den Bierhumpen umfassten. Der Mann hatte frisch geschnittene Fingernägel mit Kanten aus dickem Horn. Die Nagelhäute verdeckten die Halbmonde. Der zweite Duft stieg mir in die Nase. Der Mann trug seinen Mantel nicht. Mit dem weißen Hemd, dem geöffneten Kragen, den grauen Härchen, den Hörgeräten, dem akkurat gestutzten Bart, der Hakennase und den widerborstigen Augenbrauen war er wunderschön. Ich beugte mich nach hinten und schaute im Rücken des Mannes unter den Tresen. Da lehnte er, der Stock aus Holz.

Sie sind wiedergekommen.
Wundert Sie das?
Ein wenig.
Mich auch.

Ich trank den Sekt aus. Ingeborg goss mir nach. Ich stieß das Glas gegen den Bierhumpen. Der Mann drehte den Kopf zu mir. Ich sah ihm in die hellbraunen Augen, die er einem Raubvogel ausgestochen haben musste. Spott huschte um seinen linken Mundwinkel. Wir tranken. Ich rutschte auf dem Hocker herum und schlug ein Bein über das andere.

Was sind Sie von Beruf?
Schriftsteller.
Nicht Fernfahrer?
Wenn Sie es wünschen.
Umschulung?
Umschulung.

Der Mann sah auf mein Knie. Einer der Beinlosen fuhr in den schmalen Gang aufs Behindertenklo. Der elektrische Rollstuhl surrte. Der Mann schob den Rock hoch, bis er den Strumpfrand und ein Strapsbändchen ertastete. Die Bauarbeiterhand strich über meinen Schenkel, nicht zart, sondern technisch, als habe sie eine Materialprüfung vorzunehmen. Am meisten interessierte sie sich für die Übergänge zwischen Stoff und nackter Haut. Die Bauarbeiterhand auf meinem weißen Fleisch fing an zu zittern. Ich hörte mich atmen. Ich wischte die Hand weg.

Ich bin Verkäuferin.
Wofür?
Damenwäsche.
Einzelhandel?
Ein kleines Geschäft in einer grauen Seitenstraße.
Sind Sie allein da?
Manchmal kommt jemand und bringt eine Lieferung.
Und dann?

Geht er wieder.
Und dann?
Probiere ich die Modelle an mir selbst aus.

Ich kletterte vom Hocker. Ich nahm eine Münze aus dem Portemonnaie und ging zur Jukebox. Die Raubvogelaugen in meinem Rücken verfolgten jeden meiner Schritte. Ich ging langsam in die Hocke und steckte den Stecker ein. Der Stoff spannte über meinem Hintern. Der morsche Kasten sprang an. Ich warf die Münze in den Schlitz, drückte die Nummer für »Je t'aime«, das heisere Rauschen, der ferne, träge Klang der Elektroorgel. Ich ging auf meinen Platz zurück.

Worüber schreiben Sie?
Über Abschiede.
Wurden Sie verlassen?
Nein.
Sie sind es, der geht.
Bis auf ein einziges Mal – ja.
Von dem einzigen Mal handeln Ihre Bücher?
Sie sind schnell.

Ingeborg füllte mein Sektglas, stellte dem Mann ein neues Bier hin, strich den Minirock glatt und kam hinter dem Tresen hervor. Auf dünnen Beinen stakste sie zur Omi, führte sie zwischen die Tischchen, legte die Hand auf die Hüfte. In der Armbeuge der Omi baumelte der Stoffbeutel. Das Witwen-Paar fing an, sich in Zeitlupe zu drehen, und verschmolz zu etwas aus Demut und Ratlosigkeit. Ich registrierte ein Beben unter der Panzerung. Ich schluckte. Ich trank den Sekt. Ich strich den Rock glatt und schaute auf meine

Stiefelspitzen. Bitte, sagte ich. Es klang weinerlich. Bitte, flüsterte ich noch einmal. Der Mann stieg vom Hocker. Etwas knisterte. Er stützte mich an Ellbogen und Hand, als er mir vom Hocker half. Ich stand ihm gegenüber und war genauso groß wie er. Ich legte die Hände an seine Schultern. Das Blut klopfte in den Handflächen, durch das weiße Hemd hindurch, bis auf die Haut des Mannes. Sein Gesicht verschloss sich plötzlich. Er schaute weg und umfasste meine Taille. Die Bauarbeiterhände rutschten abwärts. Zielsicher erreichten sie den interessanten Übergang. Mir schien, der Mann schämte sich. Ich berührte mit der Wange den Bart. Es stach und kratzte. Mit der Nasenspitze näherte ich mich dem Ohr mit dem Hörgerät. Ich bemerkte die Rundung eines Bauches und an meinen Schenkeln einen warmen, diffusen Druck. Der Mann, jetzt fiel mir das Wort ein, war untersetzt. Er hatte kurze, stramme Beine und einen richtigen Hintern. Ich war froh um die Stahlstreben im festen Stoff, die mich beieinander hielten. Ich fragte mich, ob der Mann ohne Stock Mühe hatte zu stehen. Mit der Panzerung konnte ich sein Stock sein, wenn er es brauchte. Ich atmete in das Ohr. Ich kroch mit den Fingern über den Hemdkragen hinauf, verweilte auf dem kurzen, kräftigen Hals, streifte das Ohrläppchen und tippte mit einer Fingerspitze an den durchsichtigen Kunststoff, der die Ohrmuschel ausfüllte. Nie im Leben hatte ich so etwas angerührt. Der Mann packte das Gelenk und verwies meine Hand zurück auf die Schulter. Das ist ein Abschied, sagte er heiser, gehen Sie. Sie werden hier nicht finden, was Sie suchen, sagte er. Ich kroch mit der Hand wieder von der Schulter zum hinteren Hals. Diesmal drückte ich ein wenig zu. Im

Reich der Tiere machte diese Geste das Opfer wehrlos. Was suche ich denn, sagte ich. Sie suchen irgendein Gegenteil, sagte er. Ich bin ein alter Mann, sagte er. Sie machen sich etwas vor, sagte er. Sie haben mich gelockt, sagte ich. Sie haben mir Aufgaben gestellt, sagte ich. Ich habe Prüfungen bestanden, sagte ich. Ich wusste nicht, wie hartnäckig Sie sind, sagte der Mann. Wir standen in einer versteinerten Umarmung neben dem Tresen. Jemand warf eine Münze ein, und »Je t'aime« erklang. Ich kenne das Ende schon, sagte der Mann. Was für ein Ende, sagte ich. Sie sind eine Touristin, die in der Perle Urlaub macht, sagte er, zwei, drei Wochen Exotik, dann zieht es Sie heim. Sie sind ein Theoretiker, sagte ich, Sie lassen aus Angst vor der Zukunft die Gegenwart ausfallen. Es gibt keine Gegenwart, sagte er. Gut, sagte ich, darauf trinken wir einen. Ich ließ den Mann stehen, erklomm den Barhocker und goss mir Sekt aus der Flasche ins Glas, die Ingeborg vorsorglich an meinem Platz bereitgestellt hatte.

*

Regen fiel auf die Rollstuhlrampe. Ich zog die Kapuze des Mantels über den Kopf und schloss den Kragen. Der Mann humpelte am Stock die Stufen hinab, streckte die Bauarbeiterhand aus, und als ich meine Hand hineinlegte, stopfte er sie vollkommen selbstverständlich zusammen mit seiner in die Manteltasche. Im Schutz des Futters hielten wir uns angefasst. Ich passte meine Schritte denen des Mannes an. Wir überquerten in aller Ruhe die Riesaer Straße. Der Mann schaute stur auf den Boden. Wir passierten einen großen Parkplatz, hier und da erhellten Lichtfetzen aus Laternen die maroden Betonplatten. Der Mann führte mich auf einen breiten Weg. Zu beiden Seiten wuchsen diese stachligen Sträucher, die tagsüber etwas Grün in die Steinwüste bringen sollten. Gab es hier Spielplätze? Tischtennisplatten? Parkbänke? Weiter hinten glommen ein paar helle Punkte hoch oben im Nebel, der Widerschein beleuchteter Fenster. Dort mussten jene Hochhausriesen stehen, wie ich sie aus dem Wohngebiet meiner Eltern kannte. Einundzwanzig Stockwerke, mehrere Eingänge, je zwei Fahrstühle. Aus einem der Fenster stach einsam ein giftiges Violett in den Dunst. Das Wenige, was ich sah, konnte ich vor meinem inneren Auge mühelos zu einem vollständigen Bild ergänzen. Aber ich konnte im Dunkeln nicht überprüfen, ob das Bild noch stimmte. Früher, als ich ein kleines Mädchen gewesen war, hatte mir die monströse Wohnlandschaft keine Angst gemacht. Wie eine Ameise hatte ich eifrig meine Bahnen darin gezogen, Tag für Tag, sommers wie winters, und hatte ich einmal den Blick gehoben, hatten sich die Fassaden langsam zu drehen begonnen, war ein glückliches Schaudern über mir hereingebrochen, das erhabene Gefühl, als winziger Teil dem Großen und Ganzen zuzugehören. Diese Gewissheit war mir abhanden gekommen, hier und überall. Der Weg wurde schmaler. Wir bogen um Ecken, wir überquerten kleinere Straßen. Die Blöcke wurden niedriger und rückten in unsere Nähe, Elfgeschosser des Typs WBS 70. In einem solchen hausten meine Eltern, ein paar Kilometer Luftlinie weiter in Richtung Fernsehturm. Wir gingen an einem Mehrzweckgebäude entlang. Es war bis zum Dach lückenlos mit Graffiti-

Schichten besprüht, die sich überlagerten. Ich hatte keine Ahnung, was die menschengroßen, fetten Buchstabenketten bedeuteten, die außerirdischen Figuren ohne Gesichter, die Krakeleien. In allen Wohngebieten von Rostock bis Suhl standen diese Flachbauten, und hatte man sie erst einmal gefunden, konnte die Schule samt Turnhalle nicht weit sein. Früher hatte in den Mehrzweckgebäuden die Schulspeisung stattgefunden. Nachmittags hatte der Pionierchor darin geprobt. An den Wochenenden hatten sich Briefmarkensammler zum Tauschen hinter die dünnbeinigen Tische aus Sprelacart gestellt. Es hatte immer nach billigem Massenessen gerochen, Bohneneintopf, Bratfett, Sauerkraut. Ich hatte nur Grießbrei, Milchreis und Puddingsuppe gemocht. Wir gingen an einem Wohnblock vorbei, hinter dem, wie ich es erwartet hatte, die Schule stand. Ich meinte, dass wir nach rechts abbiegen mussten, um nach Hause zu kommen, ein alter Reflex, aber der Mann bog nach links ab. Er führte mich in zugige Durchgänge mit zerkratzten Wänden. Es musste ungefähr drei Uhr sein. Ich fürchtete, die Hellersdorfer Perle allein niemals wiederzufinden. Der Mann hielt den Blick gesenkt. Das Regenwasser tropfte von der Hakennase herab. Die Hörgeräte fehlten. Wahrscheinlich vertrugen sie keine Feuchtigkeit. Würde er mich ohne die Geräte überhaupt hören können? Wieder passierten wir Elfgeschosser. Ein Block klebte am anderen. Nicht alle Haustüren waren beleuchtet, aber ich wusste, dass die Abstände zwischen ihnen exakt gleich groß waren. In den weißen Kapseln mit den schwarzen Hausnummern litten Glühbirnen an Wackelkontakten. Die Ziffern flackerten nervös. Hier gab es keine Hausmeister

mehr. Die Nacht war feucht, der Regen ließ mich frösteln, und die Kälte kroch ungehindert unter Mantel und Rock hinauf, dorthin, wo mein Hintern freilag. Bestimmt fing ich mir eine Blasenentzündung ein. Wie lange gingen wir schon durch diese fremde Gegend, die mir doch vertraut war? Der Mann atmete ruhig und schwer. Regelmäßig stieß er weiße Wölkchen aus, die in der Dunkelheit die Form verloren und sich auflösten. Der Stock begleitete uns wie eine dritte Person. Die warme, trockene Bauarbeiterhand ließ mich nicht los. Allein Paulas kleine Hand in meiner vermochte ein vergleichbares Wohlbehagen auszulösen. Der Mann hatte behauptet, dass ich eine Touristin sei, die irgendein Gegenteil suche. Er hatte recht. Dieser Mann wusste alles über mich. Ich ging an seiner Seite, ich spazierte mit ihm in seine Welt, tief hinein in ein Land, das er mir zeigen, offenbaren und entschlüsseln würde. Ich würde eine gelehrige Schülerin sein, folgsam und brav, und zur Belohnung für meine Anstrengungen würde das unbekannte Land sich als mein eigenes erweisen, in seiner ganzen Schönheit, mit all seinen Schrecken.
Ich hatte längst die Orientierung verloren, als der Mann vor einem der Eingänge stehen blieb, zwei Stufen zur Tür hinaufhumpelte und meine Hand losließ. Er schlug den Schoß seines Mantels beiseite und kramte in der Hosentasche. Der Mann sah mich nicht an. Ich sah auf die Hausnummer: 102 e. Aber wie hieß die Straße? Wie sollte ich später ein Taxi rufen, wenn ich die Adresse nicht kannte? Ich blickte an der Fassade hinauf und konnte ihr Ende nicht finden. Das Haus ragte finster in den Himmel. Nirgendwo brannte Licht. Niemand sah fern. Niemand war schlaflos. Ich

hörte ein Geräusch und meinte, dass hoch oben ein Schatten sich im Schwarzen verlor. Ein Huschen? Ein Flattern? Ein Flügelschlag? Oder wehte eine Fahne? Der Mann schloss die Tür auf und ging voran. Er schaltete das Licht im Hausflur an. Auf dem Boden lagen Zigarettenkippen, zerknitterte Werbeblätter, Gratiszeitungen. Ich sah die Front aus Briefkästen. Vergilbter Lack, ausgekratzte Namen, verlaufene Filzstiftschrift auf Pflastern. Wir stiegen einige Stufen hinauf, gingen durch eine Glastür, die der Mann mir aufhielt. Rechts lag der Fahrstuhl. Der ist kaputt, sagte der Mann, wir müssen ganz nach oben, elfte Etage. Er bedeutete mir, voranzugehen. Ich machte mich auf den Weg. Der Mann folgte mir dicht. Ich spürte die Enge des Korsetts. Meine Füße in den Stiefeln waren kalt. Wollte er nicht, dass ich seine humpelnden Schritte sah? Wollte er mir auf den Hintern starren? Darüber hing der Mantel. Der Anblick würde nicht sehr ergiebig sein. Oder wollte er verhindern, dass ich auf der Stelle kehrtmachte und abhaute? Wenn das Licht ausging, schaltete der Mann es am nächsten Schalter wieder ein. In den Etagen überlagerten sich die Gerüche. Es gelang mir nicht, sie zu identifizieren. Cannabis? Nasser Hund? Blumenkohl? Katzenstreu? Spiritus? Hier stach etwas Säuerliches hervor, dort eine bittere Süße. Auch im Haus meiner Eltern hatte sich bald nach dem Einzug der Vorteil, den Mülleimer nicht hinuntertragen zu müssen, als gering erwiesen gegenüber dem Nachteil eines ewig währenden Gestanks. Im Schacht eines jeden Müllschluckers hingen uralte Speisereste fest, schimmelte feuchte Materie ungestört vor sich hin, gediehen ganze Riffe von Pilzkulturen, und mit Sicherheit führten Kakerlaken, Würmer und Maden in der dunklen Schlucht ein prächtiges Leben. Obwohl die Stufen flach waren und ich auf ein gemäßigtes Tempo achtete, fing ich an zu keuchen. Hinter mir keuchte der Mann. Ich wagte es nicht, stehen zu bleiben und eine Verschnaufpause einzulegen. Der Aufstieg war zäh. Ich fühlte mich kontrolliert und angetrieben. Mein Körper bäumte sich gegen den Panzer, an dessen Innern feucht meine Haut klebte. Ich hatte seit dem frühen Abend abwechselnd gefroren und geschwitzt. Je höher wir stiegen, umso unversehrter wurde das Haus. An den Tapetenwänden keine Wasserflecken mehr, keine Kratzspuren, keine Schuhabdrücke, das Linoleum beinah jungfräulich. Ganz oben gab es nur eine einzige Tür, wie alle Türen hier aus Pressspan. Der Mann schloss sie auf. Es ging ganz leicht. Keines dieser schwergewichtigen Sicherheitsschlösser verkomplizierte den Vorgang. Auf dem Schild neben der Klingel stand nichts. Offenbar erwartete der Mann nie Besuch, fürchtete sich nicht vor Einbrüchen und war generell der Ansicht, dass bei ihm nichts zu holen war. Der Mann schaltete das Licht an und hängte unsere Mäntel an einen Haken. Eine nackte Glühbirne strahlte unter der niedrigen Decke des kleinen Flurs. Ich wollte, obwohl die Panzerung mir das Bücken erschwerte, die Stiefel ausziehen, weniger aus Höflichkeit, als um meine Füße zu befreien. Anlassen, sagte der Mann und steckte den Schlüssel von innen in die Wohnungstür. Er schob mich in ein dunkles Zimmer. Im schwachen Licht, das aus dem Flur einfiel, sah ich am Boden eine große Matratze, das Bettzeug zerwühlt. Das gardinenlose Fenster bot einen Blick auf die nächtliche Stadt. Lichter über Lichter blinzelten

aus dem Nebel, und weit weit weg stand der Fernsehturm, der rhythmisch sein weißes Signal versendete. Ich beugte mich vor und schaute nach unten. Da lagen sie, die Klötze von Hellersdorf und wurden in der Ferne kleiner. Ein Labyrinth floss ins andere.
Es klickte. Zweimal. Fein und leise. Ein Schatzkästlein? Eine Gürtelschnalle? Eine Pistole? Ich drehte mich um. Ich kam nicht vom Fleck. An meinen Handgelenken ein schneidender Druck. Kaltes Metall. Handschellen. Zwei Paar. Sie waren an den Rohren befestigt, die hinter dem Heizkörper verliefen. Die Rohre führten abwärts und parallel zu den Scheuerleisten irgendwohin, wo ich sie nicht mehr sehen konnte. Ich stützte die Hände wieder auf dem Fensterbrett ab, damit der schneidende Druck an den Gelenken nachließ.

Machen Sie mich los.
Sie sind doch Schauspielerin.
Bin ich nicht.
Verkäuferin.
Hören Sie auf mit dem Quatsch.
Eine Lügnerin also.
Ich will nach Hause.
Sie lügen schon wieder.
Ich habe eine Tochter, Paula, wird bald sechs, geht in die große Gruppe und liebt Knobelaufgaben.
Wer ist der Vater?
Michael Kirbach, das habe ich Ihnen doch gesagt.
Ich glaube Ihnen kein Wort.
Ich habe meine Tochter eine volle Woche im Stich gelassen.
Das hätte Ihnen früher einfallen müssen.

Wie weit wollen Sie den Unsinn noch treiben? Schließen Sie diese Dinger auf.
Wozu brauchen Sie mich, wenn Sie Michael Kirbach haben.
Zu gar nichts. Das war eine Schnapsidee.
Sie haben einen Rock angezogen. Sie haben sich ein Korsett besorgt. Sie haben sich nicht abschütteln lassen.
Ja, aber jetzt ist der Urlaub zu Ende.
Ist Ihre Tochter auch so frech wie Sie?
Natürlich. Sie ist ein wunderbares Mädchen.
Sie haben keine Kinder. Sie sind nicht mal in der Lage, eine stinknormale Stulle zu schmieren.
Und Sie sind mit Sicherheit kein Schriftsteller.
Wenn Sie meinen.
Also gut. Bringen wir es hinter uns. Nachher lassen Sie mich gehen.

Hui! Wie frisch die Lüfte! Wie duftend der Herbst! Wind kühlte meine von Hitze geröteten Wangen, die Balkontür stand weit offen, die Sonne kitzelte in der Nase, der Durchzug blies Sauerstoff in meine Lungen, ich trat hinaus, ein wohliges Schaudern auf der Haut. Dieser herrliche Blick! Direkt auf den Fernsehturm!, rief mein Vater, atmete tief ein, blähte die Brust, reckte und streckte sich, und der Armeetrainingsanzug spannte sich straff auf seinem Körper. Nun schnappte er unsere Fahne, bohrte mit starken Händen und entschiedenen Griffen den Holzstiel in den Fahnenhalter an der Brüstung. Mein Vater hatte mir schon die Vorzüge der Plattenbauweise erklärt, die Ziele des Wohnungsbauprogramms; sogar an Fahnenhalter hatten die Architekten unseres Wohngebiets gedacht, jetzt entrollte sich der schwere Stoff, flatterte los, klatschte satt gegen sich selbst, und wie in jedem Jahr war unsere Familie die erste, von deren Balkon das schwarz-rot-goldene Tuch übermütig im Wind wehte, mittendrin leuchteten Hammer, Sichel und Ährenkranz; wir gingen mit gutem Beispiel voran und schmückten unser Haus zu Ehren des Geburtstags der Republik. Mein Vater schlug mir im Spaß auf den Rücken, kniff mir in den Oberschenkel, griff mich unter den Achseln, hob mich mit Schwung auf den Arm. Ich umklammerte seinen Hals, den stoppligen Nacken, mein Vater hielt mich fest, ganz sicher saß ich auf seinem Unterarm. Schau mal, Katinka!, rief mein Vater, die Leute sammeln sich zum großen Arbeitseinsatz! Ich äugte über die Brüstung, und tatsächlich, vor unserem Eingang ein Getümmel, Frauen entluden Kofferräume voller Pflanzenkisten, Männer schoben Schubkarren, Kinder schepperten mit Eimern. Unser Arbeitseinsatz ist ein voller Erfolg, Katinka!, rief mein Vater. Da, rief ich und zeigte mit dem Finger auf den großen Laster, der eben um die Ecke bog, die Bäume kommen! Das sind junge Säulenpappeln, rief mein Vater. Säulenpappeln!, rief ich. Jawohl, Katinka, rief mein Vater, jetzt packen wir kräftig mit an, und zur Belohnung kriegen wir die Goldene Hausnummer!

*

Alles war weiß, als ich erwachte, weiß mit ein paar dunkelblauen Tupfern. Weiß gestrichene Raufasertapete, eine weiße Zimmerdecke, von deren Mitte ein dunkelblauer Lampenschirm aus Aluminium hing. Ich lag in weißem, zerwühltem Bettzeug diagonal auf der großen Matratze, die sich angenehm hart anfühlte. Das Stück Himmel, vom Fenster eingerahmt, war weiß. Darüber eine hochgezogene Jalousie, dunkelblau. Weiß war die Heizung, weiß waren die Rohre. Die Handschellen fehlten. Der Mann fehlte. Das Korsett und die Strümpfe fehlten auch. Ich war ganz und gar nackt. Ich reckte mich, bog mich in alle Richtungen, spürte Muskeln und Sehnen. Hatte ich die ganze Nacht diese raumgreifende Position eingenommen? War ich unmerklich durch das Bett gewandert, hatte alle Gliedmaßen von mir gestreckt, den Hintern beharrlich gegen den warmen Menschenkörper gedrückt, das ganze Terrain für mich allein beansprucht und dabei etwa leise geschmatzt und geschnurrt? Hatte der Mann sich meiner Penetranz ergeben, das Feld geräumt und irgendwo sein Notlager aufgebaut? Wo war er? In der Küche? Auf dem Klo? Gab es hier noch ein Zimmer? Mit einem Sofa? Ich betastete meine Handgelenke. Nicht der Hauch einer Verletzung, kein Restschmerz, kein verräterisches Mal. Links stand ein Schreibtisch, eine weiße Platte auf weißen Beinen, ohne Schubladen, ohne Fächer, ohne Stauraum, davor ein Stuhl, das Polster dunkelblau. Auf dem Schreibtisch sah ich nichts als einen gläsernen Behälter, darin unzählige dunkelblaue, gespitzte Bleistifte. Warum dunkelblau? Die traditionelle Farbverteilung? Früher hatten die Mütter die kleinen Mädchen rosa eingekleidet, die kleinen Jungen hellblau. Der Mensch, der hier wohnte, war auch einmal ein Kind gewesen. Als Junge hatte er Hellblau getragen, später ein sattes Marineblau, und er war gewachsen und älter geworden, immer älter, und das Blau war nachgedunkelt im Fluss der Jahre, aber es war ihm geblieben, und nun war der Junge alt, und die Lieblingsfarbe begann schon, ins Nachtblau hinüberzugleiten. So selten es etwas anzuschaffen galt, stets fiel die Wahl des ehemaligen Knaben auf Blau. Wiewohl das Zimmer zu groß war, erinnerte es in seiner aufgeräumten Kargheit aus Tisch, Bett und Stuhl an eine Klosterzelle. Hing über dem Bett das Jesuskreuz? Ich schaute an die Wand über meinem Kopf. Sie war leer. Keine Bilder, nirgends. Und keine Bücher. Ein Schriftsteller ohne Bücher? Hatte der Mann doch gelogen? Die Alten der Zunft hockten auf Fotos pfeiferauchend vor ihren Privatbibliotheken, verbarrikadiert hinter klobigen Schreibtischen, jenen Erbstücken, die seit Jahrzehnten niemand verrücken durfte, eingezwängt zwischen Papierstapeln und Teppichschichten, umstellt von musealem Tineff, von fetten Sesseln und Steinbüsten. Die Bühnenbilder dieser denkenden und dichtenden Kolosse sahen imposant aus, doch war ich immer froh gewesen, dass die Fotos nichts vom dort herrschenden Geruch übermittelten. Die modernen Schreiberlinge saßen in den Szenecafés hinter ihren Laptops und schätzten es offenbar besonders, wenn die zukünftige Leserschaft ihnen schon beim Dichten zusah. Auch zu ihnen gehörte der Mann keinesfalls. Wo war er? Ich hörte nichts. Kein Geschirrklappern, keine Klospülung. Ich schaute über den Matratzenrand. Sogar der Fußboden war im Grunde weiß, überzogen von hellgrauen Krakelstrichen. Es gab keinen Fernseher und vielleicht nicht einmal ein Telefon. Ich setzte mich auf. Mein Kopf schmerzte leicht, und ich verspürte großen Durst. Sobald er gestillt war, würde sich, das kannte ich von früheren durchzechten Nächten, ein Bärenhunger einstellen, der Appetit auf Deftiges, am besten Eier und Speck. Als ich stand, rebellierte mein Kreislauf. Ich tapste über den Boden und hielt mich am Schreibtisch fest. Zwei dunkelblaue Mappen lagen darauf. In schöner, etwas altertümlicher Schrift stand auf der einen »Dorothea VII«, auf der anderen »Au revoir (AT)«. An der weißen Tür hing ein dunkelblauer Bademantel. Ich schlüpfte in die weiche Hülle aus Samt und Frottee. Sie roch nach dem Mann, nach Rasierwasser und diesem zweiten Geruch, der mich in der Perle verrückt gemacht hatte. Ich verknotete den Gürtel und sah an mir herab. Wenn ich mich in eine Ecke hockte und ganz still verhielt, konnte man mich für ein Möbel halten, für eines der dunkelblauen Accessoires, und niemand würde mich jemals finden. Plötzlich wurde mir klar, dass unsere erste Begegnung bei Tageslicht bevorstand. Ich griff mir in die zerzausten Haare. Mein Gesicht fühlte sich verquollen an, ich war dehydriert, und bestimmt verwandelte die verschmierte Wimperntusche meine Augen in schwarze Trauerpfützen. Es bestand nicht die geringste Chance, gut auszusehen. Aber nicht nur ich, auch der Mann – darauf machte ich mich gefasst – würde am Morgen zehn Jahre älter wirken. Es war unmöglich, sich zu verstellen. Nach allem, was ich mir in der vergangenen Nacht geleistet hatte, konnte ich meine Gesichtsmuskeln getrost hängen lassen. Ich ging durch den Flur, in dem nur eine weiße Kommode stand, auf der zwei silberne Schuhanzieher lagen. Ich klopfte an die Tür, hinter der ich die Nasszelle vermutete. Keine Antwort. Ich trat ein und ging über den plüschweichen, dunkelblauen Badvorleger, der vor der Wanne lag. Auf den Rändern sah ich Wasserlachen. Der Mann musste vor kurzem geduscht haben. Ich setzte mich aufs Klo. Bespritzte Zeitungen übersäten den Fliesenboden zu meinen Füßen. Über dem Waschbecken ein Spiegel mit dunkelblauem Rahmen. In einem kleinen Regal ein Rasierapparat, ein paar Flaschen und Dosen, Tablettenschachteln. Zwei dunkelblaue Zahnbürsten. Ein Nagelknipser. An der Tür hing ein zweiter Bademantel, jenem identisch, den ich trug. Ich kühlte mein Gesicht mit kaltem Wasser, rubbelte es an dem warmen, dunkelblauen Badehandtuch trocken und sah nicht in den Spiegel. Ich verließ die Nasszelle und warf einen Blick in die Küche. Über einem Stuhl hingen meine Sachen – der Rock, die Bluse, fein säuberlich zusammengelegt und glatt gestrichen. Das Korsett und die Strümpfe fehlten. Wie lange hatte ich geschlafen? Wie spät mochte es sein? Meine Stiefel standen akkurat nebeneinander, die Reißverschlüsse geschlossen, und mir schien, der Mann hatte die Stiefel sogar geputzt. Wie ein Hoteldiener? Wie ein Heinzelmännchen? Ich füllte ein Glas mit Leitungswasser und leerte es in einem Zug. Auf Kopfhöhe zog sich ein weißes Regalbrett über die gesamte Wandlänge. Darauf wimmelte es von überraschend bunten Utensilien: Glühbirnen, Mülltüten, Kerzen, Schwämme, Taschentücher, Schlaf- und Nerventee, Hustentropfen, Konservendosen, Zwieback, Kaffeebehälter, zwei große Zwiebeln, zwei Wecker. Auf dem einen war es zwölf Uhr siebzehn, auf dem anderen zwölf Uhr neunzehn. Machte Micha jetzt Mittagessen? Nudeln mit irgendwas? Nein, Micha machte kein Mittagessen. Heute aß Paula in der Kita. Besaß der Mann überhaupt Töpfe und Pfannen? Wo bewahrte er das Geschirr auf? Im Spülschrank mit den zwei weißen Schiebetüren? Auf dem Spülenrand standen zwei Espressokocher. Genau so ein sperriges Aluminiumteil hatte ich vor vielen Jahren von einer Tramptour aus Bulgarien mitgebracht. Der undichte Gummiring im Innern war beizeiten verschmort, und ich hatte den Kocher weggeschmissen. Wieso existierten in diesem mönchischen Haushalt so viele Dinge doppelt? Zwei Espressokocher, zwei Wecker, sogar zwei Zwiebeln? Zwei Schuhanzieher, zwei Bademäntel, zwei Zahnbürsten? Genau genommen besaß der Mann sogar zwei Schwänze – einen aus Fleisch und Blut und einen aus Holz mit einem leicht geschwungenen Knauf. Ich hörte ein Geräusch im Treppenhaus. Waren das Schritte? Kam der Mann nach Hause? Es klang wie ein Schnarren. Die Seile im Fahrstuhlschacht. Genau so wie im Haus meiner Eltern. Funktionierte der Fahrstuhl doch? Hatte der Mann mich die elf Etagen bloß vor sich her getrieben, um mich zu quälen? Um sich zu quälen? Wenn jetzt die Wohnungstür aufginge und er hineinkäme, würde sich ihm ein erbärmliches Bild bieten. Ich saß mit angezogenen Beinen in einem zu großen Bademantel auf dem Küchenstuhl, zerknirscht, zerschlagen, zerstört von den Strapazen der Nacht. Ich lauschte. Eine Tür klappte. Dann war Ruhe. Ich hatte mich getäuscht. Stille im Treppenhaus. Ich trank ein zweites Glas Wasser, setzte mich wieder auf meinen Platz und starrte auf den weißen Küchenboden mit den hellgrauen Krakeleien. Ich sollte mich anziehen und nach Hause fahren. Zu Paula. Ich ging zur Wohnungstür. Der Schlüssel war verschwunden. Ich wagte nicht, die Klinke herunterzudrücken. Ich wollte nicht überprüfen, ob die Tür sich öffnen ließ.

# II

Unsere Reise führte in die Vergangenheit, dorthin, wo alles begonnen hatte. Im März, als bereits der erste Hauch von Frühling in der Luft zu spüren war, packten Micha, Paula und ich unseren großen Familienkoffer. Micha hatte im Internet eine hübsche Pension gefunden und sich zehn Tage frei genommen. Wir düsten beschwingt über die Autobahn. Der idyllische Ort östlich von Rostock schlummerte friedlich. Wir bezogen das Quartier und machten uns gleich auf den Weg zum Strand. Hier hatten Micha und ich uns zum ersten Mal geküsst. Ich rannte mit ausgebreiteten Armen voraus. Paula flitzte mir gackernd nach. Blaugrau glänzend lag das Meer unter dem Himmel. Die Aussicht von der Düne weitete mir die Adern, der Wind durchpustete mein Hirn. Alles war so großartig wie eh und je. Ist das herrlich!, rief ich. Paula sprang umher wie ein junges Zicklein. Micha blinzelte auf die glitzernden Wellen. Wie lange ist es jetzt her?, sagte ich. Acht Jahre, sagte Micha, und zwei Monate. Er nahm mich in den Arm, ich drehte ihm den Kopf zu, mein Herz klopfte. Wieder küssten wir uns, acht Jahre und zwei Monate später. Paula drängelte sich zwischen uns, und zusammen hoben wir sie hoch und steckten unsere Nasen in ihre Locken, die unter der Mütze hervorquollen. Weißt du, dass du schon mal hier gewesen bist?, sagte Micha. Quatsch!, sagte Paula. Da warst du anderthalb, sagte ich, wir haben deine Füße in die Wellen gehalten. Du hast gestrampelt und gelacht wie verrückt, sagte Micha. Aber da war ich ja noch ein Baby, sagte Paula und fasste uns bei den Händen. Zu dritt brachen wir zum Strandspaziergang auf. Was konnte es Schöneres geben? Gar nichts. Wir waren Vater, Mutter, Kind. Ich leckte das Salz von meinen Lippen. Bei jedem Schritt spürte ich meine strammen Waden und die angespannten Muskeln in den Oberschenkeln. Ich liebte es, gegen den Widerstand des Sands vorwärts zu schreiten. Vor acht Jahren war an Paula noch nicht zu denken gewesen. Vor acht Jahren hatte ich im Theater gehockt, mich halb tot geackert und selten Tageslicht gesehen. Micha hatte in klassischer Art um mich geworben, mich aus den vermieften Katakomben befreit, mir neue Kraft gegeben und mir eine Tochter geschenkt. Ich betrachtete sein Profil. Das Kinn im Jackenkragen vergraben, die Augen in die Ferne gerichtet, gefiel mir Micha sehr. Stumm und entschlossen strebte er dem Meer entlang. Micha hatte schon immer gewusst, was er wollte. Ein Leben mit mir. Ein Kind mit mir. Micha hatte alles bekommen. Ich glaubte, dass auch er glücklich war. Der Urlaub war jetzt genau das Richtige. Die Nachmittagssonne wärmte schon. Der Himmel leuchtete weißblau. Möwen kreischten und flogen uns in der Hoffnung auf Futter an. Wir bestaunten die großen Tiere, die uns auf Schritt und Tritt begleiteten. Wir sammelten Muscheln, Federn, Hühnergötter und schauten hinaus auf die Schiffe, die wie Scherenschnitte am Horizont festzukleben schienen. Hungrig vom Marschieren kehrten wir in ein Restaurant ein, bestellten Weißwein, Bier und Apfelschorle und aßen Ostseefisch. Der Wirt, ein alter Seebär mit Kapitänsmütze, grauem Bart und Krückstock, scherzte mit Paula. Ich bekam in Nullkommanix einen Schwips vom Wein, und übermütig klaute Mimi Paula einen Happen vom Teller. Der ganze Fisch gehört mir!, plärrte die blöde Katze. Paula sah sich peinlich berührt im Restaurant um. Mama, sagte sie, hör mit der Mimi auf, das ist Kinderkram, ich komme bald in die Schule, und Katzen können nicht sprechen. Micha lachte, ich wurde rot und kicherte. Am Abend verwöhnte mich Micha mit einer Rückenmassage, dann schliefen wir miteinander, behutsam und ganz leise, damit Paula nebenan nicht erwachte. Hinterher vergrub ich meinen Kopf in Michas Achselhöhle. Wir haben es gut, seufzte ich. Ja, erwiderte Micha. Voll und ganz einverstanden mit unserem Leben, sank ich in einen wohligen Tiefschlaf. Jeden Tag unternahmen wir einen ausgedehnten Spaziergang am Meer. Wir machten eine Hafenrundfahrt und fotografierten Paula vor Leuchttürmen. An einem verregneten Tag besuchten wir ein Spaßbad, planschten stundenlang und verließen es erst, als an Paulas Fingern Schwimmhäute zu wachsen drohten. Abends aßen wir meist in dem gemütlichen Restaurant beim alten Seebär, der sich auf den Krückstock stützte, wenn er am Tisch mit uns plauderte. In der Pension lasen wir uns Geschichten vor und spielten viele Runden Mensch-ärgere-dich-nicht. Wir genossen die Zeit, die wir füreinander hatten. Noch als wir unseren großen Koffer packten, riss die gute Laune nicht ab. Micha konnte es kaum erwarten, mit neuem Schwung in der Redaktion zu erscheinen. Paula freute sich auf ihre Kitafreundinnen, denen sie Muscheln in Hülle und Fülle schenken wollte. Auch ich war heiter. Das Köpenicker Textbüro hatte sich zufrieden mit meiner Arbeit gezeigt. Ich galt als fleißig, akribisch und zuverlässig. Zu Hause würde der Briefkasten mit neuen Manuskripten gefüllt sein, Präsentationsentwürfe, Werbeflyer, Festreden, die darauf warteten, unter meinem unerbittlichen Blick den letzten Schliff zu erhalten. Mit Lust würde ich mich den Spitzfindigkeiten der deutschen Sprache widmen und mich in spannende, unbekannte Welten vertiefen. Paula summte auf der Rückfahrt im Kindersitz vor sich hin. Micha zählte die Premieren der nächsten Woche auf. Ich sah mich schon mit Bleistift und Lineal über Korrekturfahnen brüten. Unsere kleine Familie hatte alle Hände voll zu tun. Jeder ging frisch erholt ans Werk. Ich blickte in die vorüberfliegenden Baumkronen, deren zartes Grün kurz vor der Frühlingsexplosion stand. Ich empfand Zuversicht. Der Urlaub hatte uns ein weiteres Mal zusammengeschweißt.

*

Es war ein strahlender Mittwoch im Mai, als ich ein astrein korrigiertes Manuskript über alternative Heizmethoden eintütete und zur Post trug. Ich war einen Tag früher als geplant fertig geworden. Nun wollte ich mir zur Belohnung etwas Gutes tun. Auf dem Rückweg kaufte ich am Zeitungskiosk ein Stadtmagazin. Ich kochte mir einen Kaffee, setzte mich auf dem Balkon unter den Sonnenschirm und studierte das aktuelle Kinoprogramm. Ich las ein paar Kurzkritiken und kringelte die spannendsten Filme ein, die in den Kinos in unserer Nähe liefen. Ich verglich die Daten mit Michas Diensten und Premieren, die ich stets säuberlich in meinen Kalender eintrug. Am übernächsten Freitag tat sich eine Chance auf. Ein freier Abend für Micha und ein amerikanisches Liebesdrama gleich um die Ecke. Schon verspürte ich Vorfreude. Ich würde ihn überraschen, nein, überrumpeln, mit Kinokarten, einem reservierten Tisch im Restaurant, einem stürmischen Kuss. Ich würde mir besonders hübsche Unterwäsche anziehen und Micha in der Nacht nach klassischer Art verführen. Peter musste sowieso auf Johnny aufpassen, und sicher würde es ihm nichts ausmachen, wenn Paula wieder einmal auf der Matratze neben Johnnys Bett ihr Lager aufschlug. Ich war im Begriff, Peter anzurufen, um Paula für den übernächsten Freitag anzumelden, als es klingelte. Zwar erwartete ich heute keine Sendung vom Textbüro, nahm aber häufig Päckchen für andere Hausbewohner entgegen. Statt des gehetzten, ewig frustrierten Postboten stapfte ein lustiger Kerl in grüner Jacke die Stufen hinauf. Er nannte meinen Namen und überreichte mir einen Strauß dunkelroter Rosen, riesengroß, schwerer als ein Neugeborenes.

Ich stutzte. Ich staunte. Begeistert schaute ich den Kerl an.
Für mich?, sagte ich. Von wem?
Das müssen Sie schon selber wissen, sagte der Kerl amüsiert.
Er hob in vollendeter Diskretion die Hände.
Ich fasse es nicht!, sagte ich.
Da meint es jemand besonders gut mit Ihnen!, sagte der Kerl in frivolem Ton.
Er blieb verdruckst in der Tür stehen. Ich kapierte und gab ihm ein Trinkgeld. Pfeifend hüpfte er die Stufen hinab.
Ein Jauchzen entfuhr mir. Was für ein wunderschöner Strauß! Micha war der Größte, ein Held, eine Granate! Ich hatte ihn überraschen wollen. Er war mir prompt zuvorgekommen. Vorsichtig trug ich den Strauß in die Küche und legte ihn neben der Nudelmaschine ab. Dann wuchtete ich aus der hintersten Schrankecke die sperrige Bodenvase ans Licht. Sie hatte zuletzt als Gefäß für gerollte Theaterplakate gedient, vor langer Zeit. Wie gut, dass ich mich nie von ihr getrennt hatte. Sorgfältig schnitt ich jeden einzelnen der tiefgrünen Stiele an, die gesund und stabil waren wie kleine Baumstämme. Ich richtete die Blumen in der Vase, stellte den Strauß mitten ins Wohnzimmer und betrachtete ihn. Die taubeperlten Rosenköpfe verschwendeten ihre Schönheit, in ihrem Blühen lag ein Hauch von Abschied. Früher hätte ich den fruchtsüßen Geruch als penetrant, den Anblick samtener Blütenblätter als kitschig, die Geste als großkotzig und abgedroschen empfunden. Doch schien ich mit den Jahren empfänglich geworden zu sein für eindeutige Symbole. Das hier war weder ein liederlich

zusammengepflücktes Muttisträußchen noch einer dieser gerupften Tankstellengrüße aus dem Plastikeimer. Das hier war ein Bouquet! Es musste ein Vermögen gekostet haben. Dass Micha mir im achten Jahr unserer Beziehung – oder war es gar das neunte? – ein derart monumentales Zeichen seiner Liebe sandte, berührte mich. Beschämt registrierte ich, dass ich ihm so viel Romantik beinah nicht mehr zugetraut hätte. Kurz vor drei zog ich zum ersten Mal in diesem Frühling mein geblümtes Sommerkleid an, biss in einen Apfel und sprang die Stufen hinab. Paula, als ich sie aus der Kita holte, ließ sich sofort von meiner guten Laune anstecken. Hand in Hand schlenderten wir durch den Park, dann spendierte ich uns ein Rieseneis, das wir genüsslich wegschleckerten. Als wir zu Hause die Tür aufschlossen, strömte uns ein üppiger Duft entgegen, der die ganze Wohnung erfüllte. Paula schlich um den Strauß, und ich sah, dass auch sie von seinen Ausmaßen beeindruckt war. Mit dem Finger zählte sie die Blumen.
Zweiundzwanzig, sagte sie und schaute mich fragend an, du bist doch gar nicht zweiundzwanzig.
Vierunddreißig, sagte ich.
Hast du heute Geburtstag?, sagte Paula ratlos.
Ich lachte.
Der ist von Papa, einfach so, für uns beide, sagte ich, weil er uns ganz doll lieb hat.
Paula grinste.
Liebesrosen, sagte sie.
Als Micha von der Arbeit kam, überfiel ich ihn schon im Flur. Ich schlang die Arme um seinen Hals. Wäre Paula nicht dabei gewesen, hätte ich ihn hemmungslos zu Boden geknutscht.

Danke, danke, danke, hauchte ich in Michas Ohr.
Paula blickte ihren Papa kokett an.
Sind die Liebesrosen auch für mich, Papa?, sagte sie.
Keine Ahnung, sagte Micha, von mir kommen die nicht.
Nicht?, sagte ich.
War keine Karte dabei?, sagte Micha.
Ich schüttelte den Kopf.
Hast du den Boten nicht gefragt?, sagte Micha.
Mir wurde flau.
Ich dachte, er sei von dir, sagte ich.
Du bist ganz bleich, sagte Micha.
Seine Stimme klang scharf. Zwischen meinen Schläfen wuchs ein Vakuum. Zu dritt starrten wir auf den Rosenstrauß, der fast so groß war wie Paula. Nichts fiel mir ein, womit ich das unerträgliche Schweigen beenden konnte.
Du süße Nudel!, rief Micha plötzlich.
Er warf sich Paula über die Schulter, kitzelte sie, kniff in ihren Po. Paula lachte und strampelte.
Ich bin aber keine Nudel!, rief sie.
Du bist meine Supernudel!, rief Micha und verschwand mit Paula in die Küche, jetzt kneten wir Nudelteig!
Der Mann. Er hatte mich gefunden. Die Rosen. Sie kamen aus Hellersdorf. Was für eine ungeheuerliche Frechheit. Was für eine arrogante Anmaßung. Was für ein brutaler Übergriff. Ich musste diesen ordinären Strauß entfernen, entsorgen, vernichten, aus der Wohnung schaffen, aus dem Fenster schmeißen, in eine Pappschachtel stopfen, zur Post bringen, zurückschicken: Empfänger unbekannt.

*

Ich verstand gut, dass Micha sauer war. Er vermied es, mich anzusehen, und ging kommentarlos zur Tagesordnung über. Dankbar nahm ich zur Kenntnis, dass er den unangenehmen Zwischenfall mit den Rosen nicht mehr ansprach. Indem Micha keine quälenden Fragen stellte, konnte Gras über die Sache wachsen. Ich unterstützte ihn, wo ich konnte, und vertraute darauf, dass die gedämpfte Stimmung sich nach einer Weile von selbst auflösen würde. Sobald die Lage sich entspannte, würde es einen Moment geben, in dem ich Micha ohne Aufregung erzählen konnte, was mir widerfahren war. Mit genügend Abstand würden wir zusammen darüber lachen können. Ich hatte es nicht eilig damit. Ich übte mich in Geduld, eine Eigenschaft, die ich früher nicht gekannt hatte und deren Vorzüge ich zu schätzen lernte. Erstaunt stellte ich fest, dass ein Dasein fast ohne Worte durchaus lebbar war. Meine Lust zum Plaudern befriedigte ich mit Paula. Wir unterhielten uns ausgiebig über den Winterschlaf der Murmeltiere, über unsere Lieblingsfarben, über den Klumpfuß des Teufels. Wir luden Paulas Freundinnen zum Spielen in unser Kinderzimmer ein. Ich half den Mädchen, Prinzessinnenkleider anzuziehen, verzierte die niedlichen Gesichter mit Glitzerschminke, toupierte die feinen Haare und kreierte voluminöse Hochsteckfrisuren.
An einem Dienstagabend Ende Mai klingelte es. Peter und Johnny standen vor der Tür.
Können wir bei euch gucken?, sagte Peter, unser Fernseher ist kaputt.
Klar, sagte ich, gern.
Paula zottelte mit Johnny ins Wohnzimmer, teilte ihm einen Platz auf dem Sofa zu und krabbelte daneben.

Auch Peter setzte sich, packte eine Tüte Chips, zwei Fischkonserven und zwei Gabeln aus. Micha reichte ihm ein Bier, öffnete sich selbst eins und schwang sich auf die linke Sofalehne. Ich setzte mich auf die rechte Lehne. Wir waren bereit. Ich schaltete den Fernseher ein. Tina zog verträumt ihre Bahnen im Swimmingpool. Sie legte sich auf den Rücken, plätscherte mit den Füßen, entspannte sich. Das Wasser perlte von der Schminke. Die nassen Haare streng nach hinten gekämmt, kam der sportliche Hals zur Geltung. Seit Herr Hildebrandt, Tinas neuer Serienmann, die Finanzen überwachte, hatte sich das Tanzstudio zu einem florierenden Unternehmen gemausert. Von den Gewinnen hatte Herr Hildebrandt einen Wellnessbereich in den Keller einbauen lassen, der allen Mitgliedern jederzeit offen stand. Plötzlich erschrak Tina. Sie floh an den Beckenrand. Die Leidensfalte zwischen den Brauen wuchs. Stummer Schmerz und ein Anflug von Bitterkeit legten sich wie ein Siegel auf den Mund. Hinter einer Kübelpalme schlich der eitle Macho hervor. Er trug nichts als ein knappes rotes Badehöschen und starrte die aufgescheuchte Nixe an. Was willst du?, keuchte sie. Dich, sagte er und entblößte die weißen Zähne zu einem abgeschmackten Lächeln. Mit einem geschmeidigen Kopfsprung stieß er ins türkis blinkende Nass. Johnny zuckte zusammen und schlug die Hände vor den Mund. Verschwinde!, schrie Tina. Der eitle Macho tauchte punktgenau neben Tina auf und schüttelte sich zackig das Wasser aus dem Haarschnitt. Langsam hob er die solariumsgebräunten Hände und zog meine Freundin zu sich heran. Ein Flehen im Blick richtete sie die großen braunen Augen auf ihr Gegenüber. Dann sanken die Lider und schlos-

sen sich. Die langen, dichten Wimpern appellierten an den Beschützerinstinkt. Der eitle Macho und die Flamenco-Lehrerin küssten sich. Ich bin mit dem Herzen immer bei dir, hauchte Tina.
O nein!, rief Johnny und schaute hilflos zu Peter, jetzt fällt Mama schon wieder auf den doofen Angeber rein!
Peter riss die Chipstüte auf.
Das verstehst du nicht, sagte er, unter Erwachsenen ist das alles nicht so einfach.
Johnny, Peter und Paula grapschten in die Tüte und stopften sich die Backen voll.
Komm, sagte Tina lasziv, schlang die Arme um den trainierten Männerhals und bog sich nach hinten. Unter dem knappen Bikinioberteil zeichneten sich die Brustwarzen ab. Die Wassertropfen auf den Wangen schienen nun Tränen zu sein. Ein schwacher Moment hatte die Flamenco-Lehrerin ereilt. Sie wusste es und konnte sich doch nicht erwehren.
Toll gespielt, sagte ich.
Aber der hat sie doch schon dreimal sitzen lassen!, sagte Johnny frustriert.
Er hat doch eben versprochen, dass er sich bessern will, sagte Peter und griff in die Chipstüte, du musst mal richtig zuhören!
Der hält aber seine Versprechen nicht!, sagte Johnny, schielte nach Paula und griff auch in die Chipstüte.
Vater und Sohn mussten nebenbei darauf achten, dass Paula ihnen nicht alles wegfraß. Die beiden Futterneider waren es nicht gewohnt, die abendliche Chipstüte zu dritteln. Paula aber, die Backen voller Krümel, vergaß zu kauen. Sie starrte auf den Fernseher wie ein hypnotisierter Hamster.

Paula, sagte Micha und strich ihr über den Kopf, alles in Ordnung?

Paula richtete den Blick leicht irr auf ihren Papa, als sei er ein Fremder. Unsere Tochter war bisher mit einer Handvoll Trickfilme ausgekommen, hatte die Serie noch nie gesehen und konnte sich beim besten Willen keinen Reim darauf machen, was ihre Patentante Tina in dem Glaskasten trieb.

Sie hatte Sex im Pool. Das Wasser spritzte, Tina öffnete die Lippen, krallte sich am Beckenrand fest. Der ungewöhnliche Ort machte den Akt extra aufregend, und da man nur die Oberkörper der beiden sah, wurden zudem Tinas Problemzonen geschickt verdeckt.

Wo ist eigentlich Herr Hildebrandt?, sagte ich.

Auf Geschäftsreise, sagten Peter und Johnny im Chor.

In der Werbepause holte Micha neues Bier, ich stupste Paula an, damit sie endlich die Chips herunterschluckte. Sie fing mechanisch zu kauen an und glotzte auf die so bunten wie unerklärlichen Bilder. Wir sahen Marmelade, Antifaltencremes und Kaffeeautomaten.

Ich will auch im Pool baden, sagte Paula.

Das machen wir, sagte ich, versprochen.

Leise, fauchte Johnny, es geht weiter!

Tina schimpfte auf eine dürres Mädchen ein, dem die Schlüsselbeine unter der Haut hervorstachen. Es ging um gesunde Ernährung und die Verantwortung für den eigenen Körper.

Du musst essen!, schrie Tina.

Auf dieses Kommando öffneten Johnny und Peter ihre Fischkonserven.

Das ist Mamas beste Schülerin, klärte Johnny Paula auf, die ist magersüchtig.

Im echten Leben übrigens auch, sagte Peter, total kaputte Frau, Tina kümmert sich auch privat um sie.
Vater und Sohn stocherten im Fisch, Tina tigerte nervös auf ihren Flamenco-Schuhen über das Parkett, die Magersüchtige stützte sich entkräftet an einer Stuhllehne ab. Dann trat Herr Hildebrandt ein. Er trug einen grauen Mantel über dem Arm und einen Aktenkoffer in der Hand. Skeptisch blickte er die beiden emotional aufgewühlten Frauen an.
Entschuldigung, sagte Peter, aber das hätte ich besser gespielt.
Keine Frage, sagte ich.
Seid doch mal ruhig!, jaulte Johnny, der die Nerven verlor.
Dieser Typ ist so ein Langweiler, sagte Peter.
Furchtbar, sagte ich, obwohl mir die rechtschaffene Ausstrahlung von Herrn Hildebrandt eigentlich gefiel.
Der andere, sagte Micha, ist erst recht zum Kotzen.
Das stimmt, sagte ich, in dieser lächerlichen Badehose.
Der eitle Macho, sagte Peter und winkte ab, katastrophaler Schauspieler.
Der Abspann raste auf der linken Bildschirmseite von unten nach oben. Peter ging auf den Balkon, um eine Zigarette zu rauchen. Ich schaltete den Fernseher aus.
Tolle Blumen!, rief Peter durch die Balkontür, ihr schwimmt wohl im Geld.
Peter hatte die Rosen entdeckt, die, obwohl ich ihnen seit vierzehn Tagen kein frisches Wasser gab und sie unbeachtet der prallen Sonne aussetzte, einfach nicht verdorren wollten. Aus dem Augenwinkel schaute ich Micha an. Er klaubte Paula einen Chipskrümel aus

den Haaren. Paula und Johnny glotzten wie zwei Wachsfiguren auf den schwarzen Bildschirm.
Die müssen ein Vermögen gekostet haben, rief Peter, gibt's irgendwas zu feiern?
Micha zerrieb den Krümel zwischen den Fingern.
Nö, sagte ich, eigentlich nicht.
Micha räumte die Bierflaschen zusammen. Peter kam herein und schloss die Balkontür hinter sich.
Hast du deiner Frau einfach so Rosen geschenkt?, sagte Peter und schaute zwischen Micha und mir hin und her.
Micha schmiss die leeren Fischkonserven, die dreckigen Gabeln und die zerrissene Verpackung mit den Chipsresten in Peters Tüte und drückte sie ihm wortlos in die Hand. Peter strubbelte sich die Locken.
Ihr müsst es ja dicke haben, sagte er.

*

Micha sah geplagt aus. Die Arbeit schlauchte ihn. Umso mehr bewunderte ich, wie intensiv er sich Paula widmete. Sogar bevor er ins Theater ging, alberte er mit seiner Tochter herum, und sei es nur für ein paar Minuten. Es war ein Ritual. Ich liebte es, Paulas Glucksen und Gackern zu lauschen, das dann aus dem Kinderzimmer drang. Micha war ein sehr guter Vater. Plötzlich begriff ich, warum er sich manchmal wünschte, stumm wie ein Fisch zu sein. Der Grund lag auf der Hand. Sein ganzes Leben bestand aus Worten. Von den Theaterbühnen prasselten sie ohne Unterlass auf ihn herab, unendlich viele Worte, große Worte, Dichterworte. Und woraus bestand eine Zeitung? Aus nichts als Worten. Micha selbst produzierte sie in einem fort, füllte Spalten und ganze Seiten. Von der Bühne quatschte es auf ihn ein. In der Redaktion quatschte es aus ihm heraus. Mir war sonnenklar, dass Micha zu Hause nicht noch mehr Worte wollte. Hier sollte er Kraft schöpfen dürfen. Bei uns musste er nicht ewig zuhören und sprechen. Ein paar Scherze mit Paula, das war genug. Die Wortlawinen, die Michas Hirn malträtierten – wenigstens für ein paar Stunden sollten sie Ruhe geben. Ich machte es mir zur Aufgabe, die Stille zu hüten.

An einem Sonntagabend räumte ich die Küche auf. Aus dem Kinderzimmer gluckste und gackerte es. Ich schmunzelte, während ich den Geschirrspüler bestückte, leise vor mich hin. Ich hörte, wie Micha ins Wohnzimmer ging und die Nachrichten schaute. Ich griff nach dem Telefon, um den wöchentlich fälligen Anruf bei meiner Mutter zu erledigen. Als ich mich an den Küchentisch setzte und mir Rotwein nachfüllte, registrierte ich, dass im Wohnzimmer die Erkennungsmelodie wegblieb. Guckte Micha heute ohne Ton? Waren ihm sogar die Worte aus der Flimmerkiste lästig? Er kam mit seinem Bier in die Küche und setzte sich. Ich sah ihn überrascht an.

Auf diese allein erziehende Kommissarin hab ich keine Lust, sagte Micha.

Ich legte das Telefon beiseite und trank einen Schluck Wein. Micha leerte das Bier in einem Zug, stellte die Flasche auf den Tisch und pulte am Etikett. In der Redaktion gäbe es Stress. Ein junger Schnösel hüpfe durch die Ressorts und dürfe schreiben, wonach ihm gerade der Sinn stehe. Er störe die Abläufe, mische sich überall ein, grapsche nach den besten Themen. Die Artikel läsen sich wie die Testosteronergüsse eines

Abiturienten. Die Chefin allerdings halte den Typen für wahnsinnig talentiert und räume ihm sämtliche Privilegien ein. Vom ersten Tag an habe sie ihn als Edelfeder eingeführt. Besonders im Feuilleton pfusche der Schaumschläger seitdem herum. Ihm, Micha, habe er in den letzten Wochen drei Großpremieren führender Häuser vor der Nase weggeschnappt. Natürlich sei die Edelfeder sich zu fein, auch nur einen einzigen Dienst zu absolvieren, habe noch nie den Text eines Kollegen redigiert und käme nicht im Traum darauf, die Agenturmeldungen durchzusehen. Wenn es so weiterginge, bliebe ihm, Micha, bald nichts anderes übrig, als die Off-Theater abzuklappern und Nachrufe zu verfassen.

Ich streichelte Michas Unterarm. Dass ihn etwas bedrückte, hatte ich längst gemerkt. Nun war ich froh, dass er darüber sprach. In letzter Zeit, das stimmte, häuften sich Michas Dienste. Dennoch fand ich seltener Beiträge von ihm in der Zeitung.

Das ist ja gemein, sagte ich, du musst den ganzen undankbaren Bürokram machen?

Micha nickte und holte sich ein neues Bier.

Und die Kollegen?, sagte ich.

Sind auch genervt, sagte Micha.

Dann müsst ihr mit der Chefin sprechen, sagte ich.

Micha lachte bitter. Ich goss mir neuen Wein ein. Es war wunderbar, dass Micha redete.

Wolltest du dich nicht mal umhören, sagte ich, bei Fachblättern, bei den Überregionalen?

Micha rutschte unruhig auf dem Stuhl hin und her.

Du kennst den Markt schlecht, sagte er und trank.

Micha war heute nicht gut drauf. Wir würden ein andermal auf seine Karriereplanung zurückkommen.

Morgen, sagte Micha, hat die Edelfeder einen Riesenbeitrag über deutsche Vorabendserien im Blatt. Er, Micha, habe den Text selbst eingefüllt und keine Silbe verändern dürfen. Auch Tina würde erwähnt und käme nicht gut weg.
O Gott, sagte ich, was steht denn da über Tina?
Micha stand auf.
Das kannst du morgen früh alles selber lesen, sagte er, verließ mit dem Bier in der Hand die Küche und ging schlafen.
Am nächsten Morgen las ich in der Zeitung einen Rundumschlag gegen deutsche Vorabendserien, in hämischem Ton verfasst, gespickt mit Beispielen in Hülle und Fülle. Tinas Rolle reduzierte die Edelfeder auf ein Paar aufgerissener brauner Augen, aus denen allabendlich der Kitsch kleckere. Ich war entsetzt. Dass Tinas Serie kein Tarkowski-Film war, wussten wir selber. Es war unfair, sie an irgendwelchen Nischenprodukten zu messen, die höchstens ein paar elitäre Hanseln erreichten. Nachmittags rief Tina aus Köln an. Sie war völlig außer sich. Der Artikel habe ihr einen Stich mitten ins Herz versetzt. Sie habe nicht gedacht, dass Micha so etwas zulasse. Ausgerechnet er, ein guter, alter Freund, würde sie so schmählich verraten. Ich sagte Tina, dass ich ihre Wut voll und ganz nachfühlen könne. Dass sie sich total verletzt fühlen müsse. Dass mir das alles wahnsinnig leidtäte. Ich tröstete meine Freundin, so gut ich konnte. Aber Tina ließ sich nicht beruhigen. Sie schluchzte ins Telefon. Sie rang nach Luft und Worten. Ich lud sie für das nächste Wochenende ein. Wir müssten, das sei auch Micha sehr wichtig, uns unbedingt in Ruhe über alles aussprechen.

Tina kam, sah blass aus und setzte sich todtraurig an den Küchentisch. Noch einmal schilderte sie mit Tränen in den Augen, dass sie unter Schock gestanden habe, als sie die schrecklichen Zeilen über sich las. Das gesamte Team sei noch immer erschüttert. Tina halte es für ihre Pflicht, Micha die Empörung der Serien-Mannschaft zu übermitteln. Micha saß auf dem Stuhl und nickte. Er entschuldigte sich. Er verlieh seinem Ärger über sein Versagen Ausdruck. Keiner von uns ahne, fuhr Tina fort, welche Mühsal die Dreharbeiten bedeuteten, ein Riesenpensum jeden Tag, der pure Hochleistungssport, nicht nur seelisch, auch körperlich. Da könne sie einen solch unverschämten Tritt in die Magengrube als Allerletztes gebrauchen. Sie habe den Eindruck, niemand, wirklich niemand, könne nachempfinden, was sie tagtäglich durchmache. Manchmal wisse sie nicht mehr ein noch aus. Ganz allein müsse sie an allen Fronten gleichzeitig kämpfen. Ja, sie gebe es zu, es ginge ihr momentan schlecht, richtig schlecht. Auch von Peter bekomme sie gerade jetzt leider gar keine Unterstützung. Anstatt ihr den Rücken frei zu halten, verbreite Peter immerzu schlechte Laune. Sie solle nicht so zimperlich sein, habe er sie angebrüllt, Verrisse gehörten nun mal zum Geschäft, das müsse man sich mal vorstellen. Dass Peter dermaßen gefühlskalt sei, mache ihr schwer zu schaffen. Sie zweifle sogar grundsätzlich an Peters Liebe. Meine Freundin schluchzte auf. Ich griff ihre Hand. Es sei, sagte ich, gut und wichtig, dass Tina einmal gründlich Dampf ablasse. Das sei immerhin ein Anfang, der sie ein wenig erleichtern könne. Tina schaute mich flehend an. Ich sagte, dass sie Peter Zeit lassen müsse. Dass er sich an seine Rolle als Hausmann erst gewöhnen müsse. Dass er seinen Job mit Johnny doch sehr anständig mache. Dass Hochs und Tiefs ganz normal seien, Hauptsache, man erstarre nicht und die Dinge blieben in Bewegung. In Tinas leidendem Gesicht zeigten sich mildere Züge. Ich sagte, dass Tinas momentane Situation von extremer Belastung geprägt sei. Dass dieser Schundartikel eine unerhörte Missachtung ihrer Arbeit sei. Dass der Erfolg der Serie aber für sich spreche, Spitzenquoten, die nächste Staffel bereits im Kasten, Millionen mitfiebernder Fans. Dass Micha auf der Redaktionssitzung alles unternommen habe, um den Abdruck zu verhindern. Mit Händen und Füßen habe er sich gewehrt und beinahe seinen Job aufs Spiel gesetzt. Doch sei der Autor der Lover der Chefin, üble Machenschaften liefen da ab, und nicht nur Micha, alle Kollegen seien dagegen machtlos. Ich versicherte Tina, Micha habe in den vergangenen Nächten kein Auge zugetan, so sehr habe ihn die Sache gequält. Tina blickte Micha scheu und fragend an. Micha nickte vorsichtig. Ich goss Tina Früchtetee nach und holte Micha ein neues Bier. Unsere Aussprache, sagte ich, sei sehr nötig gewesen. Ich erinnerte Tina und Micha daran, wie lange wir alle uns schon kannten. Dass das Leben mitunter kompliziert sei, auch für Peter. Dass wir jedoch bei allen Problemen nicht vergessen durften, dass wir Eltern zauberhafter Kinder waren. Dass unsere Freundschaft von unschätzbarem Wert sei. Ich umarmte Tina. Ich streichelte Micha. Tina lächelte. Micha seufzte. Für einen innigen Moment hielten wir uns, als Tina sich verabschiedete, alle drei bei den Händen.

*

Seit diesem Abend hob sich Michas Blick. Er sah mich wieder an. Er sprach mit mir und wurde anschmiegsam. Im Internet zeigte er mir ein Portal, in dem er gelegentlich nach zum Verkauf stehenden Bungalows stöberte. Es rührte mich, dass Micha auf meine geheimen Wünsche einging. Ich hatte hin und wieder Andeutungen gemacht, den Traum von einem Häuschen im Grünen erwähnt. Inzwischen schien auch Micha Gefallen an dem Gedanken zu finden, am Wochenende aus der Stadt zu fliehen. Gemeinsam hockten wir im Arbeitszimmer vor dem Bildschirm, studierten Preise, Entfernungen, Grundrisse und phantasierten uns in die abfotografierten Idyllen hinein. Wir rechneten auf dem Papier an unserem Ersparten herum. Wenn unsere Eltern uns unterstützten, würde es für ein kleines Grundstück mit Datsche reichen. Vom Köpenicker Textbüro, bei dem ich mir einen guten Ruf erarbeitet hatte, trudelten in schöner Regelmäßigkeit Manuskripte ein. Da der Geschäftsführer mich unbedingt halten wollte, hatte er sogar von sich aus mein Seitenhonorar erhöht. Wenn es so weiterging und Micha seinen Posten behielt, konnten wir jeden Monat etwas für das Häuschen beiseitelegen.

Der heiße Sommer, der seit Anfang Juni in der Stadt herrschte, machte das Leben leicht und beschwingt. Ich schlappte nachmittags auf meinen geliebten Clogs zur Kita, Paula hüpfte in hauchdünnen Kleidchen durch den Park, und sogar die Härchen auf Michas gebräunten Unterarmen wurden blond. Die Balkontür stand Tag und Nacht sperrangelweit offen, und meine Wäsche, die ich draußen aufhängte, trocknete innerhalb von Minuten. Endlich waren auch die Rosen vollends vertrocknet. Eines Abends, als Micha im Theater und Paula im Bett war, wartete ich den Einbruch der Dämmerung ab. Gegen zehn stopfte ich den staubigen, widerborstigen Strauß in einen Müllsack, schwang ihn mir über die Schulter und schlich wie der Weihnachtsmann aus der Wohnung. Ich konnte mir ein gewisses Triumphgefühl nicht verkneifen. Ich hatte gegen den Mann gewonnen. Ich hatte die Rosen ignoriert, keinerlei Aufwand betrieben, sie in aller Gemütsruhe krepieren lassen. Ich hatte das kleine Problem ausgesessen. Auf diese Weise hatte ich die Ordnung der Verhältnisse ein für alle Mal wieder hergestellt. Die Hellersdorfer Perle war nichts weiter als ein Ausrutscher gewesen, eine abstruse Abschweifung, vollkommen untauglich für unser Leben, aber deshalb auch ungefährlich. Inzwischen wusste ich, was mich zu jener hirnrissigen Aktion, die über ein halbes Jahr zurücklag, verleitet hatte. Der Mann, er hatte mich an Karl erinnert. Auch die Rosen hatten mich an Karl erinnert.

Seit meinem Umzug nach Rostock vor zehn Jahren hatte ich Karl nie mehr gesehen. Zwar waren in der Kantine manchmal Gerüchte kursiert. Aber Theaterleute tratschten gern. Viel Unsinn sickerte durch tausend Kanäle. Einmal wollte jemand gesehen haben, wie Karl eine Vorstellung zum Stillstand brachte, gefangen im totalen Blackout. Ein anderes Mal wurde berichtet, er habe eine kleine Rolle im Tatort gespielt. Ein ganz Pfiffiger meinte, Karl in einem Schlafsack zwischen den Pennern am Ostbahnhof gesichtet zu haben. Das Einzige jedoch, was mit Sicherheit stimmte, war, dass Karl den Tod gefunden hatte. Das war vor zwei Jahren gewesen. Ich hatte es aus der Zeitung erfahren. Micha hatte die Meldung in die Spalte mit den

Kurznachrichten aufgenommen. Ich hatte am Theater telefonisch den Beerdigungstermin erfragt, meine alte Jeansjacke angezogen und einen riesigen Strauß dunkelroter Rosen gekauft. Es war ein sehr gut besuchtes Begräbnis. Gleich einem Prozessionszug wälzte sich das Theatervolk auf verschlungenen Wegen von der Kapelle zur Grabstätte. Ich heulte und sah mir die traurigen, gealterten Schauspieler an, die seinerzeit in der Kantine von Karls Tisch an andere Tische gewechselt waren. Als ich den Rosenstrauß auf den Blumenberg vor dem kleinen Erdloch legte, las ich auf dem Stein nebenan, dass Karls neuer Nachbar Lothar Schnaps hieß. Zu Fuß hatte ich den Heimweg angetreten, war viele Kilometer durch Berlin gewandert und hatte dem Schicksal gedankt, den alten Trinker beizeiten verlassen zu haben. Wer wollte schon freiwillig mit Anfang dreißig Witwe sein?

Ich ließ den Schalter für das Hoflicht unberührt. Es war fast dunkel. Hier, im Schutz der Häuserwände, schien es, als sei die Nacht weiter fortgeschritten als draußen. Das viereckige Stück Himmel über mir ging schon ins Dunkelblau über, zeigte den schwachen Widerschein der Stadt. Vereinzelte Sterne. In den Fenstern brannten die Lichter. Niemand schaute heraus. Ich öffnete eine der Mülltonnen, lehnte den Deckel behutsam gegen die Wand und ließ den blauen Plastiksack hineinrutschen. Lautlos schloss ich die Tonne. Ich klopfte mir die Hände sauber, sah ein letztes Mal in den Nachthimmel und schlich zurück ins Treppenhaus. Eine irrwitzige Sekunde lang hatte ich, als der lustige Kerl in der grünen Jacke die Stufen hinaufgestapft war, um mir den schweren Strauß zu überreichen, tatsächlich geglaubt, Karl schicke mir vom

Friedhof die Rosen zurück. Ich hatte sie regelrecht wiedererkannt. Ein Hirngespinst, eine Fehlleistung meines Kopfes. Die Vergangenheit war vorbei, ihr Zentrum gestorben, für jedermann nachzuprüfen auf einem Berliner Friedhof an einem Grab, dessen Inschrift Karls Namen trug. Karl war passé; mausetot saß er auf einer Qualmwolke im Trinkerhimmel, neben sich einen Rosenstrauß, so hoffnungslos verwelkt wie jener, den ich eben entsorgt hatte. Ich war mit dem Schrecken davongekommen. Damit war es erledigt. Ich hatte mich gründlich verabschiedet, genau so wie die Flamenco-Lehrerin endlich vom eitlen Macho.

*

Zwischen Micha, Paula und mir lief alles wie am Schnürchen. Die Stimmung zu Hause war dermaßen harmonisch, dass ich sie festhalten wollte. Ab und zu stellte ich den Fotoapparat auf die Arbeitsfläche neben die Nudelmaschine, drapierte Micha und Paula am Küchentisch, drückte auf den Selbstauslöser und flitzte ins Bild. Zu dritt grinsten wir in die Kamera. Micha, mein stiller Held, überraschte mich mit dem Vorschlag, gemeinsam ins Theater zu gehen. Mitte Juli bot sich eine Premiere an, die Micha für geeignet befand, eine Uraufführung, nichts Großes, nichts Anstrengendes. Die Vorstellung beginne bereits um sieben und dauere maximal zwei Stunden. Micha hatte sich extra erkundigt. Hinterher, sagte er und drehte mich auf dem Balkon, wo ich den zart blühenden Jasmin goss, behutsam zu sich um, gehen wir schön essen. Er strich mir eine Haarsträhne aus dem Gesicht. Ich hielt inne, für ein paar Sekunden blieben

unsere Köpfe dicht beieinander, wir hörten uns atmen. Leise, aber deutlich sagte ich ihm, wie sehr ich ihn liebte.
An jenem Freitag schminkte ich mich dezent, zog eine schwarze Hose, eine schwarze durchscheinende Bluse an, entschied mich für die kleine schwarze Handtasche und schlüpfte in die selten getragenen schwarzen Pumps für besondere Anlässe. Micha warf sich in sein Dienstjackett, steckte Notizheft und Stift in die eine, das Portemonnaie in die andere Hosentasche. Rechtzeitig lieferten wir Paula bei Peter und Johnny ab. Sie würde mit den Jungs einen gemütlichen Fernsehabend verbringen, auf der Matratze neben Johnnys Bett ein bisschen zu spät einschlafen und morgen früh, damit Peter ausschlafen konnte, auf dem original griechischen Flokatiteppich viele Runden Tipp-Kick spielen. Ich hingegen würde heute Nacht ohne Angst, dass Paula erwachen könnte, sehr zärtlich zu Micha sein.
Wir fuhren mit heruntergekurbelten Scheiben durch die Stadt. Der Abend war lau, die Luft kühlte schon ein wenig ab, der Fahrtwind griff mir in die Haare. Wir ließen das Auto in der Nähe des Thälmann-Denkmals stehen und spazierten zum Theater unterm Dach. Es lag in der obersten Etage eines alten Backsteingebäudes, das zum Gaswerk gehört hatte und nach der Sprengung vor zwanzig Jahren übrig geblieben war.
Wir stiegen die morschen Stufen hinauf. Das Treppengeländer wackelte. Ich drückte Micha einen Kuss auf die Wange.
Wie heißt das Stück noch mal?, sagte ich.
Irgendwas mit Pionier, sagte Micha mürrisch.
Klingt doch spannend, sagte ich.

Je höher wir kamen, desto wärmer wurde es. Wir erreichten die Glastür, vor der sich eine Menschentraube staute, Leute in schwarzen Jeans, große Taschen um die Schultern, Bierflaschen in den Händen. Dem Geplapper nach schienen sich alle irgendwie zu kennen.

Das ist aber sehr gut besucht, sagte ich erfreut.

Bei achtzig Plätzen wird ja wenigstens die Premiere voll sein, sagte Micha, da reichen die Freunde und Bekannten des Regisseurs.

Jetzt lach doch mal, sagte ich.

Von der Konkurrenz verirrt sich hier keiner her, sagte Micha.

Wir quetschten uns an den Freunden und Bekannten des Regisseurs vorbei. Drinnen war es noch voller, noch enger, noch stickiger. Auf einem Hocker saß ein verschlafener Student, vor sich eine Geldkassette, einen Zettelstapel und eine Liste. Das war die Kasse.

Viel Vergnügen, sagte der Student, ohne die Augendeckel zu heben, drückte Micha zwei Papierschnipsel und eines der kopierten Blätter in die Hand und strich ihn von seiner Liste.

Willst du was trinken?, sagte Micha resigniert.

Er blickte zu einem von Menschen umlagerten Minitresen. Ich schüttelte den Kopf.

Jetzt freu dich doch, sagte ich, in solchen Theatern finden sich manchmal wahre Perlen.

Ach wie schön, der Herr Kirbach!, dröhnte eine Knödelstimme in meinem Rücken.

Ich drehte mich abrupt um und schaute schräg über mir in ein feistes Gesicht mit Heiner-Müller-Brille und Doppelkinn.

Ich bin der Regisseur, sagte der Typ, der zwei Bierfla-

schen in einer Hand hielt, Olaf Schmidt-Seuffer, der Name ist Programm.
Er stieß ein lautes Knödellachen aus und drückte Micha eine der Flaschen in die Hand. Micha nahm die Flasche und schmunzelte wortlos.
Sehr hübsch haben Sie es hier!, sagte ich zu dem Regisseur.
Da wissen Sie mehr als ich, sagte der Regisseur, ich habe mit dem Laden sonst nichts zu tun.
Die verquollenen Augen hinter der Heiner-Müller-Brille schlossen sich. Durch das langsame Kopfschütteln verzog sich das Doppelkinn nach rechts und links.
Immerhin haben Sie gerade ein Stück hier inszeniert, sagte Micha und amüsierte sich über die eigene Spitzfindigkeit.
Der Regisseur und Micha stießen die Flaschen gegeneinander.
Ein Freundschaftsdienst, sagte der Regisseur und nahm einen großen Schluck. Der Intendant habe keine Ruhe gegeben und wie ein Verrückter darum gebettelt, dass er, der Regisseur, ihm das – nun ja, etwas gewöhnungsbedürftige – Stück rette. Jeder Anfänger, fügte der Regisseur hinzu, müsse an so einer kruden Vorlage zwangsläufig scheitern.
Tja, sagte Micha und nahm ebenfalls einen großen Schluck, dieses Theater hat seine besten Zeiten hinter sich, und vom Autor hat man ja auch schon ewig nichts mehr gehört.
Lebt völlig zurückgezogen, sagte der Regisseur und machte mit der freien Hand die Säufergeste, leider, leider.
Das Übliche, sagte Micha und seufzte, es wird wohl maximal für eine halbe Spalte reichen.

Ganz ohne Schleim, Herr Kirbach, sagte der Regisseur, Ihre Kritiken schätze ich außerordentlich, Sie sind ja einer der Letzten, die Haltung zeigen.
Man tut, was man kann, sagte Micha und drückte dem Regisseur die leere Bierflasche in die Hand.
Im April mache ich übrigens in Wien eine Müller-Collage, sagte der Regisseur, natürlich eine andere Preislage als das hier, würde mich freuen, wenn Sie kommen!
Eine Gruppe junger Frauen mit verfilzten Haartürmen drängte in Richtung Klo und gab ein Stück Sicht auf den Raum frei, der zu klein war, um sich Foyer zu nennen. Ein Hieb jagte durch meinen Körper. Der Schock machte mich starr. An einem runden Tischchen saßen die Beinlosen, vor sich Bier und Korn. Keine zehn Meter trennten uns. Ich glotzte zu dem Tischchen. Die Skatkarten fehlten. Die Beinlosen steckten in weißen Hemden, um die Hälse trugen sie Krawatten, die Haare waren frisch gewaschen und gekämmt, und die Frage, ob die drei auch ihre verstümmelten Unterkörper mit unter den Leisten umgeschlagenen Bügelfaltenhosen aufgehübscht hatten, verstopfte mir das Hirn. Die Beinlosen entdeckten mich, grinsten ohne Erstaunen und prosteten mir zu. Ich riss den Blick von ihnen los und meißelte mir ein Lächeln ins Gesicht.
Ich muss kurz an die Luft, sagte ich, schubste Leute beiseite, die mir den Weg versperrten, und rettete mich auf den Balkon. Ein hölzerner Giebel überdachte den Ausguck. Hier war es leer und kühler. Ich schwitzte wie verrückt. Ich trat an die Balustrade, stützte mich auf den splittrigen Holzpfosten ab und atmete tief. Jemand tippte mir auf die Schulter. Ich

fuhr herum. Ingeborg stand da. Sie war größer als sonst. Sie trug ein orangefarbenes Hütchen mit einem Netzschleier. Sie rauchte. Ich starrte sie an.
Wieso seid ihr denn hier!, zischte ich.
Wir schauen uns das Stück an, sagte Ingeborg, und du?
Psst, flüsterte ich, ist er auch da?
Na klar, flüsterte Ingeborg.
Wo ist er denn, flüsterte ich, wo denn, wo.
Ich duckte vor Ingeborgs faltigem Hals mit den Narben ab, linste über ihre schmalen Schultern ins Innere und hielt mich an ihrem knochigen Arm fest.
Ich glaube, hinter der Bühne, flüsterte Ingeborg, er wartet auf dich, seit mehr als einem halben Jahr.
Hilf mir, flüsterte ich panisch, ich bin mit meinem Freund hier.
Der Kritiker?, sagte Ingeborg.
Ja, verdammte Scheiße, flüsterte ich, du und ich, wir kennen uns nicht, hörst du.
Ingeborgs Auge zuckte.
Wir kennen uns kein bisschen, flüsterte ich und schüttelte Ingeborgs Handgelenk mit der winzigen goldenen Armbanduhr, sag ihm das und den Beinlosen auch.
Geht klar, flüsterte Ingeborg.
Kein Wort, kein Blick, nichts, flüsterte ich.
Versprochen, flüsterte Ingeborg.
Gib mir einen Zug, flüsterte ich.
Ingeborg gab mir ihre Kippe, an der ich wie ein Junkie saugte.
Wie hast du die Rollstühle hier hoch gekriegt?, sagte ich.
Kleiner Möbeltransport, flüsterte Ingeborg.
Wo ist Omi?, flüsterte ich.

Zu Hause, flüsterte Ingeborg.
Ich drückte die Kippe auf dem Betonboden aus. Ingeborg verdankte ihre neue Körpergröße sehr hohen, sehr spitzen, sehr goldenen Schuhen. Unter den golddurchwirkten Strümpfen schimmerten kantig die Kniescheiben. Ingeborg trug ein Kostüm in stechendem Lila. Sie erinnerte mich an einen Papagei.
Gut siehst du aus, flüsterte ich.
Du nicht so, flüsterte Ingeborg.
Ein Schweißtropfen perlte unter der Bluse in Richtung Hosenbund. Ich schwankte zwischen Ohnmacht und Herzinfarkt.
Ich muss, flüsterte ich und machte auf dem Absatz kehrt.
Ich legte den Finger auf die Lippen. Ingeborg nickte minimal. Ich huschte ins Innere, klemmte mir die Handtasche unter die Achsel, heftete den Blick auf die Schuhspitzen, drängelte mich durch die palavernden Leute. Ich strebte dem Klo zu. Dort konnte ich mich verstecken, bis das blöde Stück endlich anfing. Vor der Kasse tatschte mir eine Hand auf den Oberarm. Ich stieß einen schrillen Laut aus.
Ach, sieh an, meine Frau, sagte Micha, dem die Hand gehörte, hast du geraucht?
Micha, nun offenbar bester Laune, hatte sich mit dem Regisseur direkt vor dem Einlass postiert. Er trank sein zweites Bier.
Keine Ahnung, sagte ich und herrschte den Regisseur an, wann geht's denn endlich mal rein!
Immer mit der Ruhe, wir sind hier nicht beim Militär, knödelte der Regisseur und winkte neuen Freunden, die sich eben durch die Glastür quetschten, Sie sehen ja, alles hartnäckige Fans.

Meine Frau meint, dass wir sehr gespannt auf Ihren inszenatorischen Zugriff sind, sagte Micha.
Es ist viertel acht, sagte ich, fängt Ihre Rettungsinszenierung heute noch an, oder sollen wir es gleich bleiben lassen?
Micha warf mir einen bösen Blick zu.
Ihr Personal ist schon eingeschlafen, sagte ich und sah zu dem Studenten, der mit hängendem Kopf auf seinem Hocker saß.
Meine Frau und ich wollen nachher noch essen gehen, sagte Micha und kratzte sich die Stirn, Theater ist schließlich nicht alles.
Als der Regisseur anfing, Micha seine Lesart des Stücks zu erklären, ging endlich die eiserne Pforte auf, und die Menge startete einen Run auf das Nadelöhr. Ich stürzte als Erste über das schwarze Bodentuch, streifte den weißen, dünnen Stoffvorhang, der sich blähte, rannte die Stufen des Zuschauerpodests hinauf in die letzte Reihe und pflanzte mich in die äußerste Ecke. Micha kam mir wie ein Hund nachgelaufen.
Was ist denn in dich gefahren, sagte er leise und scharf, du machst mich hier zum Trottel!
Hast du eigentlich ein Programmheft?, sagte ich.
Gibt's nicht, sagte Micha und zog das gefaltete Blatt aus der Tasche, nur die Presseinfo.
Ich schnappte mir den Wisch und hielt ihn mir zum Lesen vors Gesicht. »Die Pionierin der Nacht« hieß das Stück. Der Name des Autors sagte mir gar nichts. Ich linste über den Papierrand. Die Leute drängten sich in die Stuhlreihen. Micha verrenkte sich neben mir, um sein Jackett unter dem Stuhl zu verstauen. Ich riss das Blatt vor mein Gesicht, als Ingeborg über das

schwarze Bodentuch stakste. Sie setzte sich in die Mitte der ersten Reihe, wo irgend jemand einen Platz für sie reserviert hatte.
Darf ich mal?, sagte Micha, nahm mir das Blatt weg und fing an, es zu studieren.
Ich zerrte Michas Jackett unter seinem Stuhl hervor und zog es wie eine Bettdecke bis über die Nasenspitze. Micha sah mich zweifelnd an.
Mich friert, sagte ich.
Hier herrschen geschätzte vierzig Grad, sagte Micha. Er nahm mir das Jackett weg und stopfte es wieder unter den Stuhl. Ich sah, wie der verschlafene Student den zuletzt hereinhetzenden Freunden und Bekannten die obligatorischen Sitzkissen reichte, damit sie auch noch die Stufen des Fluchtwegs bis auf den kleinsten Millimeter verbarrikadierten. Dann fuhren die Beinlosen ein. Ich bückte mich blitzartig und zog einen Pump aus. Geduckt fummelte ich unten herum und schmulte durch einen großen, fremden Ohrring, der dicht vor meinen Augen baumelte.
Was machst du denn?, sagte Micha.
Meine Sohle ist verrutscht, sagte ich.
Die Beinlosen in ihren Rollstühlen postierten sich direkt an der Tür. Sie standen viel zu nah am weißen Vorhang. Wollten die mitspielen? Gelassen schauten sie ins Publikum, wanderten mit den Augen die Reihen ab, als suchten sie jemanden. Das Publikum glotzte auf die Krüppel.
Der Regisseur mit Bierflasche kam herein, quetschte sich im Stehen hinter die Beinlosen und knödelte über deren Köpfe hinweg so lange lauthals mit Hinz und Kunz herum, bis alle bemerkt hatten, dass er wichtig war. Micha zückte Notizheft und Stift. Der

Student schloss die Tür. Endlich ging das Licht aus. Allgemeines Abhusten. Geschützt von der Dunkelheit, richtete ich mich erschöpft auf. Die Bluse klebte mir am Rücken. Die Hitze und der Gestank waren unerträglich. Das Stück hatte noch nicht begonnen, und ich war schon fix und fertig. In den folgenden zwei Stunden würde ich mir überlegen, wie ich mit Micha dieses Theater ungesehen verlassen konnte. Mit lautem Rauschen wurde der Vorhang aufgezogen. Das Gehuste erstarb. Langsam füllte sich die Bühne mit spärlichem Licht. Es offenbarte einen kahlen weißen Raum. Eine Frau trat von rechts auf. Sie trug ein dunkelblaues Korsett und dunkelblaue Stiefel. Prall wölbten sich die Brüste, die schmale Taille und der flache Bauch zwängten sich unter dem harten Stoff, lang und schlank wuchsen die Beine aus den hohen Absätzen. Die Strümpfe fehlten, aber ein Stringtanga bedeckte notdürftig die Scham. Die Arme lagen weit vom Körper abgespreizt auf einer Holzstange, die die Frau im Nacken und über den Schultern trug wie ein Wasserträger. An die Enden der Holzstange hätten Eimer gehört. Die Handgelenke waren mit dicken Stricken an die Stange gefesselt. Langsam stolzierte die Frau eine Runde durchs Halbdunkel, zeigte ihren runden, drallen, freiliegenden Po, der unter den Erschütterungen der Schritte vibrierte, im Rücken die aufwändige Schnürung. Vom Band ertönten Fahrstuhlgeräusche. Das Surren der Seile im Schacht, Schritte, Treppensteigen. Ein Schlüssel fuhr ins Schloss, eine Tür klappte. Mir wurde schlecht. Ein Spot fiel in die Mitte des weißen Bodens und beleuchtete gleißend zwei Gemüsezwiebeln. Das Publikum kicherte. Die Frau trat nach vorn bis an den Rand des Bodentuchs,

an die Grenze zum schwarzen Zuschauerraum. Sie stand direkt vor Ingeborg. Die Frau blickte in Ruhe einzelne Leute an.
Also gut, sagte die Frau, bringen wir es hinter uns. Nachher lassen Sie mich gehen.
Das war mein Text. Der Text gehörte mir! Wieso sprach ihn jetzt diese dämliche Tante da vorn? Ich sprang auf, stürzte über Micha hinweg durch die Reihe, wechselte die Richtung, stürzte zurück, spürte noch Michas Hand, die ich locker abschüttelte, hastete die Stufen hinunter, stolperte über Füße, stützte mich auf Schultern ab, trat auf Hände, verfing mich in Sitzkissen, stieß mir die Schienbeine an Knien, rannte auf der Linie, die Schwarz und Weiß trennte, mitten durchs Bild, zwischen Ingeborg und der Frau hindurch. Für einen Sekundenbruchteil fixierte ich die Augen der Schauspielerin, die mich anfunkelten, weite Pupillen inmitten schwarzer Schminke. Im Vorbeiflug stieß ich die Rollstühle beiseite, rammte den Regisseur, dem die Flasche aus der Hand fiel, riss die Tür auf, schmiss sie hinter mir zu. Es krachte. Ich war draußen.
Wohin?
Der Mann saß reglos auf einem Hocker am Minitresen, vor sich den Bierhumpen. Er schaute mich an. Ich sah das weiße Hemd mit den geöffneten Knöpfen. Dort, wo die einzelnen grauen Härchen wuchsen, glänzte die Haut. Ich sah den akkurat gestutzten Bart. Ich sah die Raubvogelaugen unter widerborstigen Brauen. Wie angewurzelt stand ich am Fleck und hörte mich keuchen. Der Mann schaute.
Da geht man ein einziges Mal ins Theater, sagte ich, und dann kriegt man so eine Scheiße serviert.

Meine Stimme klang viel zu tief. Der Mann entzog mir seinen Blick. Ich sah auf die Bauarbeiterhände, die den Bierhumpen fest umfassten. Hinter den Ohren erahnte ich die Hörgeräte. Ich bemaß jeden meiner Schritte, als ich näher trat, blieb auf der Hut vor einer plötzlichen Regung des Mannes, bis ich wie ein Schulmädchen vor ihm stand. Ich wartete. Es dauerte lang. Ich roch den Rasierwasserduft. Bist du mit Kirbach hier, sagte der Mann. Ich nickte. Hast du das geschrieben, sagte ich. Er nickte. Der Mann wies auf den Hocker rechts neben seinem. Knapp die Kopfbewegung, abgewandt das Gesicht. Ich gehorchte und kletterte auf den Hocker. Blitzartig und dreist fuhr die rechte Bauarbeiterhand unter meinen Hintern. Ich erschrak. Ich spürte ihre Ausmaße. Ausgebreitet klemmte sie zwischen dem Hosenstoff und dem kunstledernen Polster. Die dicken Finger arbeiteten. Sie überprüften das Material, Form und Konsistenz, Fett, Muskeln, Fleisch. Sie kneteten, tasteten, bohrten. Sie wollten wissen, ob sich etwas verändert hatte. Mein Hintern war heiß. Die Hand war heiß. Alles hier war viel zu heiß. Pfoten weg!, zischte ich. Wer ließ sich denn derart niederträchtig begrapschen. Das hatten wir doch überwunden. Das hatten wir doch abgeschafft. Das lehnten wir doch ab. Das war total verboten. Reaktionärer Mist. Nuttenzeugs. Gewaltkram. Wer war ich denn. Ich wollte nicht in einem versifften Theaterfoyer abhängen, die Pfote eines fremden Mannes am Arsch. Hast du abgenommen?, sagte der Mann. Er ließ sich überhaupt nicht beeindrucken. Um seinen Mundwinkel huschte etwas wie Spott. Nein, sagte ich. Du weißt, dass du nicht abnehmen sollst, sagte der Mann. Ich presste den Hintern fest gegen die Hand.

Ich wollte sie plattmachen, niederwalzen, abtöten. Das Blut darin sollte stocken, die Knorpel sollten knacken, die Knochen brechen. Nichts dergleichen geschah. Diese Hand hielt alles aus. Es war die einzige Hand auf der Welt, die meinem fetten Arsch gewachsen war. Ich machte ein Hohlkreuz. Die Katze streckte die Hinterseite hin. Jetzt tot umfallen oder mit dieser Hand am Arsch uralt werden. Wann hat da zuletzt einer hingelangt, sagte der Mann. Vor über einem halben Jahr, sagte ich. Brav, sagte der Mann. Ich schluchzte, grub meine glühenden Wangen, den Mund, die Stirn in den feuchten Hals, den Bart, die Ohren mit den Plastikstöpseln. Eine klebrige, dampfende, gierige Umschlingung. Die linke Bauarbeiterhand packte mich im Nacken, fand den Haaransatz. Klobige Finger rieben darüber. Du bist ganz nass, sagte der Mann. Du auch, sagte ich. Die Hand drückte meinen Kopf von dem des Mannes weg. Sie verließen mich. Beide Bauarbeiterhände verließen mich. Kein Gegendruck am Hintern, kein Halt im Nacken, nichts. Der Mann schob mir sein Bierglas hin. Ich wollte kein Bier, trank aber trotzdem. Wir hörten gedämpftes Lachen aus dem Saal. Micha war mir nicht gefolgt. Dienst ging vor. Da drinnen hockte mein Freund und kritzelte fleißig sein Notizheft voll. Hier draußen saß ich neben dem Mann am verwaisten Tresen und atmete zu schnell.

Sie sind eine mutige Frau.
Nein, Sie haben sich getäuscht.
Ich vermisse Sie.
Ich vermisse Sie auch.
Ich warte in der Perle auf Sie.

Ich werde nicht kommen, nie mehr.
Ja, und ziehen Sie das Korsett an.
Wo ist der Stock.

Ich beugte mich zurück. Unter dem Tresen, da lehnte er, der Stock aus Holz. Ich griff nach ihm. Ich strich an der glatten Oberfläche entlang. Die hellbraunen Augen rissen an mir, wie damals, in der Perle. Ich weinte. Drinnen lachten und quiekten sie, über allem knödelte der Regisseur. Der Mann schwieg.

Ich muss gehen. Wegen Paula.
Wegen Paula?
Ja.
Wegen Paula müssen Sie bleiben.
Nein, wegen Paula muss ich gehen.
Paula wird Sie später fragen.
Was fragen.
Ob Sie geliebt haben.
Paula braucht mich jetzt, nicht später.
Mama, wird sie fragen, hast du geliebt.
Liebe. Hören Sie auf damit.
Glauben Sie nicht mehr an die Liebe?
Hören Sie auf.
Es gibt sie tatsächlich, die Liebe. Vielleicht ist sie anders als im Fernsehen.
Quälen Sie mich nicht.
Sie haben die Pflicht zu lieben, sonst kann es Ihre Tochter nicht von Ihnen lernen.
Ich liebe meine Tochter.
Sie haben die Liebe gesucht und gefunden. Aber Sie wollen die Liebe nicht haben. Das wird Ihnen Paula nie verzeihen. Alles andere schon.

Sie haben keinen blassen Schimmer.
Komm. Komm zu mir. Der Rest findet sich.
Soll ich mit Paula in die Perle einziehen oder was!
Wer spricht denn von einziehen!
Soll ich ihr den Vater wegnehmen!
Wer spricht denn von wegnehmen!
Du!
Noch keine vierzig und schon verdorrt!
So ein Unfug!
Du nimmst es Paula ja jetzt schon übel!
Sei ruhig! Nicht so laut!
Die Liebe existiert! Existiert! Ek sistere! Lateinisch! Hinausstehen!
Hinausstehen? So ein Blödsinn!
Du kapierst es nicht!
Ich trau mich nicht!
Dann geh! Los! Geh!
Nein!
Geh da rein und schau dir diesen Schwachsinn an!
Geh zurück zu deinem verkrümmten Kritiker!
Nein!
Verschwinde!
Nein!
Hau ab!

Er stieß mich vom Hocker. Wie ein Tier blickte er mich an. Ich roch den zweiten Duft. Der Mann verströmte diesen Geruch, den ich nicht einzuordnen wusste. Ich heulte. Überall lief es an mir herab. Ich konnte nicht sprechen. Ich hatte nichts zu sagen. Drinnen knödelte der Regisseur, laut und ganz allein. Ich stellte den Stock zurück auf seinen Platz. Es kostete mich alle Kraft. Ich ging durch den Vorraum. Ich blieb stehen. Ich drehte mich um. Die Hörgeräte. Das weiße Hemd. Die geöffneten Knöpfe. Der kurze Hals. Der Glanz auf der alten Haut. Der akkurat gestutzte Bart. Die Bauarbeiterhände am Bierhumpen. Reglos. Der Mann sah mich nicht an. Ich ging durch die Glastür, das Treppenhaus, das morsche Geländer in der Innenfläche der Hand. Ich stieg hinunter, und als ich das Erdgeschoss erreicht hatte, hörte ich oben die Glastür ins Schloss fallen. Ich lief durch den Park, am Thälmann-Denkmal vorbei, fünf Straßenbahnstationen zu Fuß. Zu Hause setzte ich mich vor der Wohnungstür auf den Treppenabsatz. Um zehn kam Micha. Er schmiss mir meine Handtasche vor die Füße. Ich kramte den Schlüssel heraus und schloss auf. Micha nahm sich ein Bier aus dem Kühlschrank und setzte sich vor den Fernseher. Ich zog mich nackt aus, hüllte mich in eine Decke und starrte in der Küche auf die Nudelmaschine.

*

*Aus der Zeit gefallen*
*»Die Pionierin der Nacht« im Theater unterm Dach*
*von Michael Kirbach*

*Dass manche Leute bizarre erotische Neigungen pflegen, ist hinlänglich bekannt. Um dem Vorwurf der Prüderie zu entgehen, sei vorausgeschickt, dass der Verfasser dieser Zeilen jedem sein privates Glück gönnt. Ob Tamponlutschen, Windelspiele oder Sex im Taucheranzug – das geht alles in Ordnung, solange es sich im eigenen Schlafzimmer, in städtischen Freudenhäusern oder der heimischen Badewanne abspielt. Fatal ist es*

*allerdings, wenn ein von perversen Wünschen verblendeter Autor seine Vorlieben öffentlich macht und zu Kunst verwurstet. So geschehen im Theater unterm Dach, wo »Die Pionierin der Nacht« von XY zur Uraufführung gelangte. Eine an einen Besenstiel gefesselte Frau (Mira Kurz) stakst auf einer weißen Bühne umher. Auf dem Boden liegen zwei Zwiebeln. Vom Band sind immer wieder Schritte und Fahrstuhlgeräusche zu hören. Warum? Wir wissen es nicht. Die Leichtbekleidete gibt pseudophilosophische Sätze von sich, ein wirres Konvolut über die DDR, die Lust auf Unterwerfung und den daraus irgendwie resultierenden Weltfrieden. Sie behauptet mehrfach, ihre Bestimmung gefunden zu haben und schwört einem imaginären Herrn ewige Liebe. Geschlagene zwei Stunden muss man diesen Quatsch über sich ergehen lassen. Regisseur Olaf Schmidt-Seuffer, der auch die Ausstattung entwarf, versucht noch, das Ganze mit komischen Einlagen, etwa der Einspielung des Lieds der Schlümpfe, aufzupeppen. Doch auch er wird Opfer der kruden Textvorlage von XY, dessen Stücke seit 1990 jegliche politische Dimension vermissen lassen. Dabei hatte seine Stimme zu DDR-Zeiten durchaus Gewicht. Erinnert sei nur an den mit heißer Nadel gestrickten Beitrag zum X. Schriftstellerkongress im Jahre 1988, eine scharfzüngige Analyse der Lebenswirklichkeit sozialistischer Schichtarbeiterinnen. Was aber hat eine Frau, die sich fesseln lässt und fröhlich im Kreis um zwei Zwiebeln rennt, mit unserer Lebenswirklichkeit zu tun? Auf die Gefahr hin, als blauäugig zu gelten, geben wir zu, Frauen mit derartigen Hobbys nicht zu kennen.*
*XY ist leider hoffnungslos aus der Zeit gefallen. An die Stelle wünschenswerter Altersweisheit tritt eine schrul-*

*lige Altersgeilheit, wie wir sie derzeit gehäuft von Schriftstellern jenseits der sechzig zu ertragen haben. Wenn sich das Wissen alter Männer auf die Weitergabe abseitiger Sexualpraktiken beschränkt, brechen für die Gesellschaft wie fürs Theater traurige Zeiten an.*
*Olaf Schmidt-Seuffer indes inszeniert im Frühjahr eine Heiner-Müller-Collage in Wien. Es ist zu erwarten, dass er anhand dieses Stoffs zu seiner gewohnten Klasse zurückfindet.*

Ich sprang aus der Straßenbahn, drängelte mich durch Menschenmassen mit Einkaufstüten und Kinderwagen und lief, so schnell ich konnte, über den Platz. Ich durchquerte die Unterführung, erreichte das Redaktionsgebäude, durch dessen Drehtür mir Micha direkt in die Arme lief. Er rannte mich beinah um. Ich machte kehrt und heftete mich an Michas Fersen. Ausladenden Schrittes strebte er der Unterführung zu, die Hände in die Hosentaschen gestopft.
Warte doch!, rief ich, wo willst du denn hin?
Micha blickte auf die Gehwegplatten.
Ich muss mit dir reden, rief ich und hatte Mühe, mich nicht abhängen zu lassen.
Keine Zeit, sagte Micha.
Lass uns wenigstens einen Kaffee trinken, rief ich.
Ich habe gleich ein Interview, sagte Micha.
Seine Stimme bebte, als er die Treppe hinunterlief.
Ich muss dir was erzählen, rief ich, jetzt!
Mit dem Giganten, sagte Micha, falls dir das was sagt.
Dieser Superregisseur, rief ich und legte im unterirdischen Gang ein paar Laufschritte ein.
Der nächstes Jahr Intendant wird, sagte Micha.
Ich muss mit dir reden, rief ich und packte Micha am

Arm, auf dem die blonden Härchen fein säuberlich in eine Richtung zeigten.
Micha machte sich los und lief die Treppen hinauf, zwei Stufen auf einmal nehmend. Als wir die Unterführung verließen, rammte ich eine Passantin.
Ich dachte, wir hätten gestern Abend alles geklärt, sagte Micha.
Was geklärt?, schrie ich.
Wir hatten ein Gespräch, sagte Micha, schon vergessen?
Das war doch kein Gespräch!, schrie ich.
Du spinnst total, presste Micha zwischen den Zähnen hervor, du willst unsere Familie kaputtmachen.
Nein, schrie ich, ich bin ihm wieder begegnet!
Micha schaute stur auf den Boden.
Jetzt bleib doch mal stehen, schrie ich. Du blöder Bürobleppo!
Micha rannte noch schneller. Auf dem hellgrauen T-Shirt zeigten sich dunkelgraue Schweißflecken. Ich bekam schon Seitenstechen.
Es ist einer wie Karl, sagte ich.
Bitte nicht wieder diese alten Kamellen, sagte Micha.
Den ich mit achtzehn hatte, sagte ich, der Schauspieler.
Ich dachte, der ist tot, sagte Micha.
Irgendetwas passiert, sagte ich, es macht mir selber Angst.
Dann hau doch ab!, schrie Micha.
Du Verfasser dieser Zeilen!, schrie ich, du großes Wir!, du schlappes Man!
Wie bitte?, schrie Micha, du bist total durchgeknallt!
So ein Schwampf!, schrie ich, wieso schreibst du nicht Ich?

Weil das bloß die Edelfeder darf!, schrie Micha.
Wieso das denn?, schrie ich, bist du etwa kein Ich?
O doch!, schrie Micha und blieb abrupt stehen, und dieses Ich hat gleich einen Termin, Geld verdienen, begreifst du? Für dich, für Paula, für uns!
Micha schaute angewidert weg.
Ich schloss die Augen.
Lass den Termin sausen, sagte ich, rede mit mir.
Wenn ich dieses Interview verhaue, sagte Micha, drängt die Edelfeder mich endgültig ins Vermischte ab.
Sein Unterkiefer mahlte.
Rede mit mir!, schrie ich.
Micha wandte mir sein Gesicht zu.
Merk dir eins, sagte Micha, wenn du mich verlässt, bist du Paula ein für alle Mal los.
Seine Stimme zitterte. Ich heulte. Der Verkehr umtoste uns.
Der Sprecher dieser Worte liebt dich, sagte Micha.
Er ließ mich stehen. Zielstrebig wie ein olympischer Geher tauchte er in den flanierenden Menschenmassen unter. Ich trottete zurück, durch die Unterführung, über den Platz, und stieg in die Straßenbahn. Nie im Leben würde ich Paula Micha überlassen. Im Gegenteil. Ich würde mich noch mehr um sie kümmern. Ich würde genau die gute Mutter sein, die ich stets gewesen war. Als ich die Kita erreichte, sprang mir Paula im Garten entgegen und schenkte mir einen geflochtenen Kranz aus Gänseblümchen. Ich setzte mir den Kranz auf den Kopf. So war es richtig. So sollte es bleiben. Nichts sollte sich ändern.

*

Im August kaufte ich Paula neue Schwimmflügel und einen türkisfarbenen Bikini, das Höschen ein Fitzelchen Stoff, das Oberteil zwei Wimpelchen. Er war fast so schön wie der, den Tina im Pool getragen hatte. Ich bestellte die Zeitung ab, hinterließ bei Peter einen Wohnungsschlüssel und packte unseren großen Familienkoffer. Wieder führte uns die Reise an die Ostsee. Als ich das dänische Feriendomizil im Internet ausgewählt hatte, war mir die schmale, von Wasser umgebene Landzunge besonders verlockend erschienen. Das weiße Holzhäuschen lag idyllisch in einem wilden Garten samt Terrasse, Feuerstelle und Schaukel. Bis zu den Stränden brauchten wir keine fünf Minuten. Die Küste war trotz Hauptsaison menschenleer. In östlicher Richtung erstreckte sich eine Sandpiste von verschwenderischem Ausmaß mit vielen Mulden und Hügeln, aus denen Strandhafer spross, eine Einladung, die Tage im Liegen zu verbringen. Gleich nach dem Frühstück gingen Paula und ich schwimmen. Jedes Mal durchströmte mich eine kleine Begeisterung darüber, dass alles noch genauso schön war wie am Tag zuvor. Paula erwies sich als echte Wasserratte. Wieder und wieder hüpfte sie zum flachen Ufer, in den Schlamm, in die leise schnalzenden Wellen, grub und tauchte, planschte und buddelte, magisch angezogen von jenem Grenzstreifen, an dem sich die Elemente mischten. Ich konnte ihr stundenlang dabei zuschauen. Meine Liebe zum Meer hatte sie geerbt. Ich schmierte die nach Sommer duftende, gebräunte Kinderhaut mit Sonnencreme ein. Paula revanchierte sich und verrieb die weiße Creme eifrig und sorgsam auf dem Rücken ihrer Mama, die die kleine Massage genoss. Während der Mittagshitze lungerten wir in der Strandmuschel, picknickten, plauderten und ließen den feinen, hellen Sand durch unsere Finger rieseln. Micha hielt sich am liebsten beim Häuschen auf, genehmigte sich gegen Mittag ein erstes Bierchen und faulenzte im Schutz des Sonnenschirms. Ich gönnte es ihm von Herzen. Er sollte sich richtig ausruhen. Am Nachmittag schubste Micha seine Tochter geduldig auf der Schaukel an oder sammelte mit ihr Brennholz. Eines Abends, als wir Paula ins Bett gebracht hatten, saßen Micha und ich am Feuer. Wir tranken Wein. Wir schauten in die Glut. Irgendwann nahm Micha meine Hand. Er sagte, dass er mir verziehen hatte. Dass er mich liebte. Dass er sich Mühe geben wollte. So wie jetzt, sagte ich. Ja, sagte Micha. Ich will mir auch Mühe geben, sagte ich. Micha strich mir eine Haarsträhne aus der Stirn. Ich sah ihm in die Augen. Ich liebe dich auch, sagte ich. Die Glut knisterte. Wir küssten uns lange. Micha öffnete eine zweite Flasche Wein. Er legte mir einen Arm um die Schulter. Ich kuschelte mich hinein. Wir schauten zusammen hinauf in die Nacht. Ein großer, weißer Mond hütete die Unendlichkeit. Eine Sternschnuppe huschte vorüber. Micha und ich wünschten uns etwas und legten einander die Finger auf die Lippen. Tina hatte Recht behalten. Wenn man den Dingen Zeit ließ, gerieten sie wieder in Bewegung. Weißt du noch, sagte Micha, wie wir Paulas Füßchen zum ersten Mal ins Meer gehalten haben? Sie hat gestrampelt und gelacht, sagte ich. Wie klein Paula damals gewesen war. Gerade mal anderthalb Jahre alt. Die Fingerchen. Die Äuglein. Die Löckchen. Jetzt sind sie ganz ausgeblichen, sagte ich. Wie goldenes Stroh, sagte Micha. Und du bist schön unrasiert, sagte ich. Und du bist schön braun, sagte Micha. Wir blickten zum Häuschen, in dessen Küchenfenster ein schwaches Licht brannte. Im Innern träumte friedlich unsere Tochter. Micha legte neue Holzscheite in die Glut und füllte uns Wein nach. Lau war die Sommernacht, sternenklar der Himmel. Diese Stunden sollten niemals vorübergehen. Wir haben es gut, sagte ich. Ja, sagte Micha. Eng umschlungen saßen wir beieinander, bis der Morgen graute.

*

Als wir die Unterkunft reinigten und unseren Familienkoffer packten, ergriff uns bereits eine kribbelige Vorfreude. Wir durchquerten Dänemark, erreichten die Fähre, fuhren über die Autobahn in Richtung Berlin. Paula beschäftigte sich intensiv mit der Frage, was wohl in ihrer Zuckertüte stecken mochte. Micha beschloss, eine Plastikwanne voller Nudelsalat herzustellen. Ich würde mich um Lampions, Fackeln und Preise für die Kinder kümmern. Ein großes Ereignis stand uns bevor: Paulas Einschulung.
Sie fiel auf den ersten Sonnabend im September. Der Direktor der Schule hielt in der Aula eine kleine Rede, aufgeregte Zweitklässler umrahmten die Feierstunde mit Gedichtvorträgen und dem Lied von der Vogelhochzeit, und die nette Klassenlehrerin rief jedes Kind einzeln auf, um es zu beglückwünschen. Paula und Johnny, die großen, nagelneuen Ranzen auf den Rücken, saßen inmitten einer Schar von Schulanfängern nebeneinander und hielten sich an den Händen. Allein Johnnys rote Ohren und Paulas rote Wangen verrieten die Anspannung. Als Paula in ihrem rosa Kleidchen die

Gerbera von der Klassenlehrerin in Empfang nahm, sich mit einem Knicks bedankte und auf ihren Platz tippelte, schlug mein Herz bis zum Hals. Micha schluckte und räusperte sich, Peter versuchte, als Johnny an die Reihe kam, seine Rührung hinter der Kamera zu verbergen. Nach dem offiziellen Teil zog ein Pulk aus Kindern und Geschwistern, Eltern und Großeltern, Verwandten und Bekannten auf unseren Hof. Am Vortag hatten Väter Stoffpavillons, Holzbänke und -tische aufgebaut. Wir Mütter hatten alles geschmückt, Luftballons aufgepustet und zwischen den Bäumen Wimpelketten gespannt. Es war ein außergewöhnliches Glück, dass die große Gruppe aus der Kita beinahe geschlossen in dieselbe Schule, sogar in dieselbe Klasse kam. Entsprechend ausgelassen war die Stimmung. Nicht nur zwischen den Kindern, auch zwischen uns Eltern waren über die Jahre Freundschaften entstanden. Ich gab das Kommando zum Puddingwettessen, feuerte die Kinder beim Sackhüpfen und beim Eierlauf an, kürte die Sieger. Zwischendurch brachte ich Micha, der hinter dem überbordenden Büfett stand, seinen begehrten Nudelsalat auf Pappteller verteilte und sich mit Omas über Rezepte austauschte, ein neues Bier. Peter verwaltete die Getränkekästen, öffnete Flaschen, sortierte das Leergut ein, und unterhielt sich mit den Opas, die ihn umringten, darüber, wie man die Ämter am besten austrickste. Wir Mütter, beizeiten beschwipst, lümmelten im Gras, süffelten und schlemmten, schnatterten und kicherten, zufrieden mit dem grandiosen Fest zu Ehren unserer Kinder. Da plötzlich hetzte Tina, schwer bepackt mit der großen Reisetasche, auf den Hof und entschuldigte sich bei uns, die wir ihr entgegeneilten. Die Einschulungsgäste überhäuften Tina mit Komplimenten für die Serie. Während sie Autogrammkarten und Stift aus der Tasche kramte und nebenbei das Foto signierte, das sie mit Wind im Haar und sportlichem Hals zeigte, für Oma Liesbeth aus Oberbayern, für Frau Häberle, die gute Seele von Stuttgart, erklärte sie, der ICE aus Köln habe dummerweise ewig auf der Strecke herumgestanden, wie auf Kohlen habe sie gesessen, es tue ihr unendlich leid.

Johnny sprang seiner Mama auf den Arm, Peter trottete herbei, Tina küsste die beiden abwechselnd.

Meine süßen Schulanfänger, rief sie strahlend, habt ihr ein tolles Fest! Aber jetzt will ich meine Verspätung unbedingt wiedergutmachen!

Umringt von einer Menschentraube zog meine Freundin Schuhe und Bluse aus und tauschte die Jeans gegen einen von Rüschen überwucherten Traum in Rot, den sie aus der Reisetasche zauberte. Es war der Flamenco-Rock, den wir aus dem Fernsehen kannten. Kleine Mädchen betrachteten mit glänzenden Augen das kostbare Stück, Mütter tuschelten andächtig, Väter nickten wohlwollend. Geschwind schlüpfte meine Freundin in die Tanzschuhe und suchte ein Plätzchen, das ihr festen Tritt unter den Füßen gab. Sie fand es bei den Mülltonnen, wohin wir ihr im Tross folgten. Hier war ein Stück Boden betoniert. Tina gab Peter ein Zeichen, der schlenderte zur Musikanlage, und in unserem Hof, wo bis eben noch Kinderlieder vor sich hin gedudelt hatten, erschallte jene spanische Musik, mit der täglich die Serie begann. Tina sammelte sich, indem sie mit Daumen und Zeigefinger die Nasenwurzel massierte. Dann hob sie die Arme und fing an, mit den Fingern graziöse Schnörkel in die Luft

zu malen. Sinnlich und züchtig zugleich wiegte sie die Hüften. Die Füße unter den roten Rüschen stampften energisch. Ernst und erhaben gab sich meine Freundin der Musik hin, schlug verführerisch die großen braunen Augen nieder. Tina tanzte anmutig, meisterhaft und wunderschön zwischen Biotonne und Restmüll, und ich musste an den Rosenstrauß denken, den ich vor vielen Wochen hier versenkt hatte. Ich hatte ihr oft unrecht getan, dabei war Tina immer für mich da. Die gebieterischen Gitarrentöne klommen die Häuserwände hinauf und entflogen in den sonnigen Nachmittagshimmel. Überall öffneten sich die Fenster, neugierige Mieter zeigten die Köpfe. Wir alle, die Eltern und Kinder, Tinas Publikum, sahen der Flamenco-Lehrerin gebannt zu. Eine warme Woge der Sympathie strömte meiner Freundin entgegen. Als sie uns zuzwinkerte, verstanden wir sofort: Zaghaft begannen wir mitzuklatschen. Paula und ihre Freundinnen versuchten, Tinas elegante Bewegungen nachzuahmen, wackelten mit den Popos, drehten die Händchen.
Hinterher wollten alle ein Foto mit Tina. Sie kauerte sich, den Rock weit ausgelegt, zwischen kleine Mädchen, sie steckte mit Müttern die Köpfe zusammen, ließ sich von Opas um die Taille fassen, hielt hier ein Sektglas in die Höhe, hakte sich dort bei einem Vater ein. Geduldig flirtete meine Freundin mit den Kameras, und zum Schluss äußerte sie selbst einen Wunsch. Ich wünsche mir, sagte sie, ein Erinnerungsfoto im Kreise meiner Lieben, auf dass wir diese wundervolle Einschulung nie vergessen.
Vorn stellten sich Paula im rosa Kleidchen und Johnny im niedlichen Karohemd auf. Beide schulterten extra

ihre Schulranzen und trugen mit vor Anstrengung fest durchgedrückten Knien ihre riesengroßen Zuckertüten. Hinten außen standen die Männer, Micha, stolzgeschwellt die Brust, strahlend der Blick, die Flasche erhoben, und Peter, die Hände in den Hosentaschen, die Zigarette lässig im Mundwinkel, die Locken verwegen in die Stirn gestrubbelt. In der Mitte warfen Tina und ich uns in Pose. Wir schlangen die Arme umeinander, die freien Hände legten wir unseren Kindern schützend auf die schmalen Schultern, Tinas Flamenco-Rock schmückte uns beide, junge Mütter mit tollen Kindern, erfolgreiche Klassefrauen, von liebenden Männern unterstützt, unzertrennliche Freundinnen. Mit unserem schönsten Lächeln fixierten wir die Kamera.

*

Unsere Familie nutzte den Schwung von Paulas Schulstart und ließ den Schlendrian gar nicht erst einziehen. Jeder ging am Schreibtisch seinem Tagwerk nach. Paula büffelte im Klassenraum. Micha hackte in der Redaktion Kritiken und Nachrufe in den PC. Ich brütete im Arbeitszimmer über Korrekturfahnen, auf der Jagd nach Orthografie- und Grammatikfehlern. Das Köpenicker Textbüro versorgte mich wöchentlich mit Manuskripten. Ich recherchierte im Internet über die Bedeutung von Fachtermini und telefonierte mit Layoutern. Ich beackerte einen Text über Zierfische, in dem es von überflüssigen Leerzeichen wimmelte. Es machte mir Spaß, in fremde Themen einzutauchen. Die Nachmittage gehörten Paula. Jeweils um drei holte ich meine Kleine mit dem befriedigenden Gefühl aus dem Hort, genau wie sie eine volle Schicht hinter mir zu haben. Unsere Tochter war eine sehr gute Schülerin, und ihre Hefte füllten sich mit Bienchen-, Sternchen- und Bärchenstempeln. Bereits gegen sechs wurde Paula rechtschaffen müde. Lag sie nach der obligatorischen Toberei mit Micha um sieben im Bett, gönnte ich mir die Serie. Anders als früher schaute ich sie jetzt regelmäßig. Danach widmete ich mich dem Küchenboden. Ich pulte knochenharte Nudelteigkrümel aus den Ritzen. Stückchen für Stückchen schrubbte ich das Holz von den Kleckereien der letzten Jahre sauber. Ich kroch unterm Tisch herum, kniete, stand auf allen Vieren wie eine Katze, den Hintern in die Höhe gereckt, und bestaunte die blitzblanken Dielen. Micha schlug vor, eine Putzfrau zu engagieren. Wir könnten uns das, meinte er großzügig, inzwischen leisten. Ich erwiderte fröhlich, dass mir die Arbeit ganz und gar nichts ausmache, und gemeinsam betrachteten wir die jungfräuliche Fläche.

An einem Oktobersonntag, als Micha nach dem gemütlichen Frühstück in die Redaktion verschwand, beschlossen Paula und ich, ein bisschen frische Luft zu schnappen. Draußen nieselte es. Die Feuchtigkeit auf der Haut fühlte sich gut an. Hand in Hand schlenderten wir durch die leergefegten Straßen.

Komm, zum neuen Spielplatz!, rief Paula.

Sie rannte voraus. Der Spielplatz lag zwischen zwei Häusern mit unverputzten Außenwänden, ehemals eine Baulücke, und bestach durch überdimensionale, phantasievoll gestaltete Tiere aus Metall und Holz, eine Giraffe, ein Elch, ein Wolf, wahre Kunstwerke, auf denen man schaukeln, wippen, klettern konnte. Erst vor wenigen Monaten war er eingeweiht worden, doch

schon bevölkerten ihn Kinderscharen. Paulas halbe Klasse tummelte sich hier, und gemeinsam mit den Müttern und Vätern hatte ich schon Stunden plaudernd und Kaffee schlürfend auf den bequemen Holzbänken vertrödelt. Keine Frage, unser Viertel wurde immer familienfreundlicher. Heute aber kam niemand her, zu unwirtlich war das Wetter, und Paula freute sich, den Spielplatz endlich einmal ganz für sich allein zu haben. Sie kletterte auf die Giraffe, und ich setzte mich auf eine der Bänke, stopfte die Hände in die Manteltaschen und schaute mich um. Sogar die Mülleimer waren mit Liebe gestaltet, silberne Frösche mit geöffneten Mäulern. Die frisch gepflanzten Bäumchen benötigten noch Stützkonstruktionen, der Rollrasen würde erst im nächsten Frühjahr richtig sprießen, und bestimmt würden dann in den Rabatten, die den Platz einfassten, gelbe Narzissen und rote Tulpen blühen. Direkt vor einer der unverputzten Hauswände entdeckte ich zwei Pappeln. Wie Riesenbesen ragten sie in den Himmel. Beide Bäume, als einzige an diesem Ort nicht frisch und nagelneu, waren mir bisher nie aufgefallen. Schwarz die Äste, rissig die Rinden, ausgehöhlt die Stämme, mussten sie einige Jahre auf dem Buckel haben. Ich begrüßte es, dass der Landschaftsarchitekt sie nicht hatte fällen lassen. Wie alt wurden Säulenpappeln?
Guck mal, Mama, rief Paula, wie gierig der frisst!
Sie fütterte den Wolf mit Sand. In dem orangefarbenen Kapuzenmäntelchen und der grasgrünen Hose sah Paula aus wie ein hüpfender Farbklecks. Die Locken quollen unter der roten Mütze hervor. Sie passte optisch bestens ins Ambiente, und plötzlich ergriff mich eine Attacke der Zuneigung für dieses wunder-

bare Menschlein. Wie schlau, wie schön, wie gesund sie doch war, meine kleine Tochter!
Jetzt fresse ich dich!, rief ich, sprang auf, verwickelte Paula, die gackernd Reißaus nahm, in eine Verfolgungsjagd, und als ich sie zu fassen bekam, packte ich sie beim Fuß- und beim Handgelenk, Paula ließ sich ergeben in die Schräglage fallen, ich fing an mich zu drehen, Paula hob ab, streckte die freien Gliedmaßen weit von sich, und ich stemmte mich gegen ihr Gewicht und ließ nicht locker, wir drehten uns schneller, immer schneller, lachten, lachten alle beide, ich sah die roten Wangen, die strahlenden Augen, die im Himmel Halt suchten, nicht fanden …

Wir packen kräftig mit an, Katinka!, rief mein Vater; wir stürmten aus der Wohnung, polterten die drei Etagen hinab, sprangen ins Freie, köstlich duftete der Herbst, nach Erde, nach Laub, nach Sonne, und wir stürzten uns in den Trubel vor unserem Haus, mitten hinein in die Familien, die unsere Grünanlagen herausputzten im großen Arbeitseinsatz. Augen glänzten, Wangen glühten, Münder lachten; Frauen gruben Beete um, Kinder rissen Grasbüschel zwischen Betonplatten aus, Männer entluden die Säulenpappeln vom Laster, bugsierten sie in vorbereitete Löcher, versenkten die Wurzelballen, hielten die Stämme an Seilen; eifrig schaufelte mein Vater Muttererde in die Löcher, bis die niedlichen, gesunden Sprösslinge makellos aufgereiht vor unserem Haus standen. Er, der sich in Gummistiefeln und Arbeitshandschuhen sichtlich wohlfühlte, erteilte Anweisungen, heiterte jedermann mit einem flotten Spruch auf, glücklich über die frisch gepflanzten Bäumchen. Ich schlug mit einer Spitzhacke auf störrisches Wurzelgeflecht ein und hörte den Pfiff; mein Vater konnte einen sehr hohen, kurzen Ton hervorstoßen, den ich sofort erkannte, der immer mir galt, und ich rannte auf meinen Vater zu, der mit dem dicken Schlauch in der Hand vor einer der Pappeln stand. Die andere Hand legte er mir in den Nacken. Katinka, rief mein Vater, wie alt werden Säulenpappeln? Ich zuckte mit den Schultern und schaute zu ihm auf, begierig, es zu erfahren. Einhundertunddreißig Jahre, rief mein Vater. So alt?, rief ich. Raschwüchsig und äußerst anspruchslos, echte Pioniergewächse, rief mein Vater, noch deine Kinder und Kindeskinder werden sich daran erfreuen! Er drückte mir den Schlauch in die Hand; jetzt durfte ich gießen, und sorgfältig wässerte ich die jungen Bäume, hielt den prallen Strahl in die Eierpampe. Da flog mir ein Schlammbatzen um die Ohren; ich erschrak, und tatsächlich, mein Vater grinste, zielte mit einem Grasbüschel nach mir; ich sprang im Quadrat, schmiss den Schlauch weg, warf einen Erdklumpen zurück, verfehlte meinen Vater, der schadenfroh wie ein Ziegenbock meckerte, floh im Slalom um die Säulenpappeln, patschte durch den Matsch, das schmatzte und spritzte, eine schöne Sauerei! Unser Arbeitseinsatz ist ein voller Erfolg, Katinka!, rief mein Vater, packte mich an Handgelenk und Knöchel. Vielleicht kriegen wir die Goldene Hausnummer!, rief ich noch, ließ mich in den Wirbel fallen, mein Vater drehte sich mit mir, ich streckte alle viere weit von mir, alles rauschte vorüber, ohne Halt, ohne Besinnen, und siehe da!, die Fahne auf unserem Balkon war gar nicht mehr allein. Überall flatterten die lustigen Tücher von den Balkonen, deren Stiele in den Haltern steckten, und morgen würden es noch mehr Fahnen sein, die unsere Fassadenfront schmückten, und übermorgen noch mehr; einhellig würde der stramme Elfgeschosser in vollem Glanz erstrahlen, im Festtagskleid zu Ehren unserer Republik. Ich blickte in den verwischten zartrosa Himmel über mir, vor dem sich unser schickes Hochhaus überscharf abzeichnete, eine fleißige Ameise war ich, ein lustiger Gnom, eine wilde Tanzmaus, ich, Katinka, ein winziges Flugobjekt in einem monumentalen Land aus Beton, das um mich herum sauste, und fest packten die Hände meines Vaters das Handgelenk und den Knöchel, das tat schön weh, und bald schon war ich Thälmannpionier, und die Säulenpappeln und ich, wir würden gemeinsam wachsen, größer und immer größer werden, und zu meiner Jugendweihe würden sie schon bis zur dritten Etage reichen, und wenn ich einen Beruf hätte, bestimmt Tierärztin, bis zur sechsten Etage, und wenn ich erst verheiratet wäre und eine glückliche Familie hätte, lauter Kinder und Kindeskinder, würden auch die Säulenpappeln im Saft ihrer Jahre stehen, bis zur elften Etage hinauf würden ihre Wipfel sich recken. Ich strampelte, prustete, zappelte, doch mein Vater ließ nicht los, noch nicht, und immer noch nicht, der hatte Kraft und Lust und ach!, wenn ich nur endlich groß wäre, das schlackerte, das klatschte, das rauschte, Vati, Vati!, das Wohngebiet fliegt!, die Fahnen, die Pappeln, die Wolken.

Wir taumelten wie besoffen. Der Drehwurm haute uns um. Paula und ich keuchten im feuchten Sand des Spielplatzes. Wir lachten noch immer. Wir mussten verschnaufen. Etwas bewegte sich. Ich fixierte die alten Pappeln. Ein Tier? Ein Penner? Ein Spanner?

Die rissige Rinde und die Entfernung erschwerten die Scharfsicht. Ich kniff die Augen zusammen. Stiche jagten durch meinen Kopf. Hinter der rechten Säulenpappel trat lautlos der Mann hervor. Ich zuckte. Er machte nur einen Schritt. Der weiße Hemdkragen leuchtete. Eine Hand steckte in der Manteltasche. Die andere stützte sich auf den Stock. Der Mann stand da, regte sich nicht und schaute mich an.

# III

Ich klingelte. Peter öffnete.
Du wieder, sagte er.
Ist Johnny im Bett?, sagte ich.
Peter nickte und ließ mich herein. Ich zog den regennassen Mantel und die Schuhe aus.
Du musst mir helfen, sagte ich und holte das Korsett aus der Reisetasche.
Im Wohnzimmer legte ich Stiefel, Strümpfe, Rock und Bluse bereit und zog mich vor dem Sofa nackt aus. Peter schlug einen dicken Hochglanzkatalog auf und zeigte mir zwei silberne Gebilde, die Eiern mit abgeschlagenen Köpfen ähnelten.
Die werden nächste Woche geliefert, sagte Peter, Topklang, Topdesign, das Feinste vom Feinsten.
Was ist das, sagte ich.

Boxen, sagte Peter, entrüstet über meine Unwissenheit, die halten ein Leben lang und kosten ein Vermögen.

Ich kramte zehn Euro aus dem Portemonnaie.

Für die Boxen, sagte ich.

Peter nahm das Geld und sah mich prüfend an. Ich hielt ihm das Korsett entgegen.

Mach hin, sagte ich.

Peter streichelte versonnen über die Seite des Katalogs.

Und Micha?, sagte er.

Der erfährt nichts, sagte ich.

Nachdenklich betrachtete Peter die Silbereier. Ich legte weitere zehn Euro auf das Bild. Peter steckte sie ein.

Das geht mich ja alles gar nichts an, sagte er und strubbelte sich die Locken.

Er schlurfte in den Flur und kam mit dem Werkzeugkasten zurück.

Nicht die Zange, sagte ich, alles von Hand!

Ach ja, sagte Peter und stellte den Kasten ab.

Ich ließ das Korsett über mich rutschen wie eine Hülse. Die Metallstreben vorn waren geschlossen geblieben, seit ich es vor einem Jahr zuletzt getragen hatte. Die Schnüre hinten baumelten lose und wirr.

Von oben zur Mitte, sagte ich, die Enden müssen gleichlang sein.

Peter fing an zu fummeln. Er rückte meterweit von mir ab, als hielte er mich an Zügeln, und tarierte die Länge der Schnüre aus.

Beeil dich, sagte ich.

Peter fädelte an den Ösen herum.

Keinen Pfusch!, sagte ich.
Peter stemmte seinen Fuß gegen meinen Hintern und zerrte an den Schnüren.
Ingeborg, entsann ich mich, hatte verlangt, dass ich immer weiter ausatmete. Ich drückte die Luft aus den Lungenflügeln.
Fester!, sagte ich.
Kein Problem, sagte Peter.
Noch fester!, sagte ich mit erstickter Stimme.
Wie du willst, stieß Peter hervor.
Er zerrte mit voller Kraft, als wuchte er einen Ochsen vor den Karren. Der Schmerz würde bestimmt bald nachlassen. Es war alles eine Frage der Gewöhnung. Hauptsache, ich wurde nicht ohnmächtig. Als Peter endlich den Rücken mit einer Doppelschleife verschnürt hatte, drehte ich mich um, steif wie ein Brett. Ich war bestens eingepresst, von den Schulterblättern bis zum Steiß.
Peter klopfte sich stolz die Hände sauber, als habe er eine volle Schicht hinter sich.
Wir sind noch nicht fertig!, sagte ich und wies auf das Sofa mit den ausgebreiteten Kleidern.
Peter gehorchte. Er fummelte die neuen Strümpfe aus der Verpackung, kniete vor mir nieder, rollte die schwarze, durchscheinende Haut über die Zehen, die Fersen, die Waden, die Oberschenkel. Ich krallte mich an Peters Schulter fest, um nicht umzufallen.
Ist das ein kompliziertes Kostüm, sagte Peter.
Die Strumpfhalter, sagte ich.
Peter kauerte sich hin, die Nase dicht an meinen Oberschenkeln und versuchte, die Knüpftechnik zu durchschauen. Die Strumpfränder rutschten ihm weg, die Strapse schnipsten auf und ab. Peter fluchte.

Du schaffst es, sagte ich von oben, du hast doch Fingerspitzengefühl.
Am widerspenstigsten verhielten sich die hinteren Strumpfhalter. Peter musste sie über die Pobacken spannen und unter enormem Druck befestigen. Als jeder Strumpf dreifach am Korsett verankert war, richtete sich Peter erschöpft auf.
Bluse, Rock, Stiefel, sagte ich, ich kann mich nicht bücken.
Ich schob die Brüste in den Körbchen zurecht, sodass sie ein üppiges Dekolletee vortäuschten. Peter kleidete mich an. Er reichte mir die Bluse, half mir in den Rock und die Stiefel, schloss ihre Reißverschlüsse. Zuletzt strich er den Rock glatt wie ein Schneider. Er packte meine derben Herbsttreter in die Reisetasche, den Pullover, die Jeans, und hielt mir galant den Mantel auf. Ich war startbereit.
Gute Arbeit, sagte ich und steckte Peter einen dritten Schein zu, technisch bist du unschlagbar.
Peter hob lässig einen Mundwinkel und schloss die Tür.
Ich lief zur Straßenbahnhaltestelle. Das Korsett erschien mir enger als je. War ich im letzten Jahr dicker geworden? Ich konnte mich nicht daran erinnern, derart eingequetscht gewesen zu sein. Sollte ich mich freiwillig solchen Strapazen unterzogen haben? Ich stieg in die Linie sechs und ließ mich mit stocksteifem Oberkörper auf der Vorderkante eines Polstersitzes nieder. Im Wagen saßen nur wenige Leute. Ich vermied es, irgendjemanden anzusehen und schaute angestrengt ins Dunkel. Die Bahn schlingerte um Kurven. Nach ein paar Stationen stiegen zwei Fahrkartenkontrolleure in Zivil ein. Mein Puls schlug pa-

nisch. Ich hatte wieder vergessen, einen Fahrschein zu lösen. Ich griff die Reisetasche, schoss vom Sitz hoch und floh, den Blick auf die Stiefelspitzen geheftet, nach vorn zur ersten Tür direkt hinter dem Fahrerkabuff. Auffälliger ging es nicht. Mit Sicherheit übersäten hektische Flecken mein Gesicht. Aus dem Augenwinkel verfolgte ich, wie die Kontrolleure sich langsam in meine Richtung arbeiteten. Noch zwei Fahrgäste, dann war ich dran. Ein junges Mädchen kramte verzweifelt in seinem Rucksack. Die Kontrolleure warteten geduldig. Die Bahn erreichte die nächste Haltestelle. Ich sprang hinaus.

Der gelbe Riesenwurm schnurrte auf den Gleisen davon. Mussten diese dämlichen Ordnungshüter mir ausgerechnet hier in die Quere kommen? Die drohende Geldstrafe hatte mich weniger aus der Fassung gebracht als die mit ihr verbundenen Unannehmlichkeiten. Ich wollte keinen Menschenkontakt. Wem würde ich als Nächstes in die Arme laufen? Ich wollte nicht kontrolliert, nicht angesprochen, nicht gesehen werden. Meine Reise in die Hellersdorfer Nacht ging niemanden etwas an. Wo war ich überhaupt gelandet? In Hohenschönhausen. Oder in Marzahn? Der Regen peitschte. Von innen schwitzte ich, von außen fror ich. Ich stellte mich unter das Dach des Wartehäuschens und studierte den Fahrplan. Die sechs fuhr im Zehn-Minuten-Takt. Sollte ich in der Kälte herumstehen? Sollte ich zu Fuß durch den Regen gehen? Ein stundenlanger Marsch über die schwarze Asphaltpiste? Wie vor einem Jahr, als ich von Hellersdorf bis Prenzlauer Berg gelaufen war und zuerst noch gesungen hatte? Das würde ich nicht durchhalten. Ich trat von einem Bein aufs andere. Als ich mich umdrehte, standen unter dem gegenüberliegenden Haltestellendach sechs Männer in Reih und Glied und glotzten unverhohlen zu mir herüber. Sie schienen wie Pilze aus dem Boden geschossen zu sein. Hatten die mir aufgelauert? Waren sie besoffen? Hände in Hosentaschen. Lederjacken, die vom Regenwasser glänzten, daran silberne Ketten, die leise klirrten. Glatzen unter Wollmützen. Versteinerte Gesichter. Knastbrüder? Die einsame Frauen überfielen? Neulich hatte ich in der Zeitung über eine Bande gelesen, die brutal auf Passanten losging. Sollte ich davonrennen? Zeig den Hunden niemals deine Fersen, oder sie hetzen dich zu Tode. Sie zerfleischen dich. Ich hielt mich an der Reisetasche fest. Meinten die, ich trüge eine Tasche voller Geldbündel? Autos rasten vorbei. Reifen schmatzten durch die Nässe, aufgerissen stierten Scheinwerfer geradeaus. Mir schien, in den Autos saß gar niemand. Wie lange ließ die verdammte Bahn auf sich warten? Ich bewegte mich keinen Millimeter. Die Visagen regten sich nicht. Augenpaare fixierten mich. Angeber. Aufschneider. Kleine Spinner. Diese Typen waren doch viel jünger als ich. Und viel abgebrühter. Schwere Kindheiten in zerrütteten Elternhäusern. Mit fünfzehn einschlägig vorbestraft, mit siebzehn bereits steile Karrieren im Kriminellenmilieu. Die kannten kein Erbarmen. Ich hätte nie und nimmer aussteigen sollen. Auf der Flucht vor den Kontrolleuren hatte es mich in die Dunkelzone verschlagen, an den Streckenrand gespült. Auf den Tramptouren nach Bulgarien hatten Tina und ich immer Pfeffer im Rucksack gehabt. In Rumänien niemals aussteigen!, hatte das eiserne Gesetz unter Trampern geheißen. Wer in Rumänien ausstieg, wurde massakriert. Ich hatte freiwillig in lauschigen Kabinen mit ausgehungerten Fernfahrern geschlafen, um nicht aussteigen zu müssen. Tina auf der Pritsche über mir hatte alles schluchzend mit angehört und mich morgens mit Vorwürfen überhäuft. Die Kerle glotzten. Grinsten sie auch? Plötzlich registrierte ich minimale Bewegungen. Die Männer kamen näher. Eine Front aus Schädeln und Schultern rückte langsam auf mich zu. Ich biss die Kiefer aufeinander, um das Zittern zu unterdrücken. Auf der gegenüberliegenden Seite schoss eine Bahn heran und bremste. Das gelbe Leuchten zerschnitt die Finsternis zwischen den Männern und mir. Ich sah durch die Scheiben in die Wagen. Die Männer stiegen ein. Gelangweilt ließen sie sich auf die Sitze plumpsen. Sie schauten nicht mehr zu mir. Ich hatte es geschafft. Ich hatte ihre Blicke ausgehalten. Ihr Interesse war erloschen. Die Straßenbahn raste davon. Ein öffentliches Verkehrsmittel transportierte die brutalen Typen in Richtung Innenstadt ab. Die Tasche hing schwer an meiner Hand. Ich atmete tief ein, soweit es unter dem Panzer möglich war, noch tiefer aus und ging ein paar Schritte auf und ab. Ein Kerl stand immer noch da. Einen hatten sie übrig gelassen. Er rührte sich nicht. Er glotzte. Hatten die anderen Männer beschlossen, mich diesem einen auszuliefern? Sicher hielt er mich für eine Nutte, die auf dem Weg zur Arbeit war. Natürlich, genau so verhielt ich mich. Ich flanierte direkt vor seinen Augen auf und ab. Meine Absätze klackten. Das Korsett kniff vorn und hinten, oben und unten. Die Strapsbänder schnitten ins Fleisch. Der Mantel raschelte. Der Typ verfolgte jeden meiner kleinen Gänge. Anstelle der Augen schattige Höhlen. Ich spürte den feisten Blick auf mir. Ich schaute in die

Richtung, aus der die Bahn kommen musste. Sie kam nicht. Ich musste Souveränität vortäuschen. Kaute er Kaugummi? Sprach er mit sich selbst? Breitbeinig stand der Typ da. Er wippte angespannt mit den Knien, kleine, aggressive Vibrationen. Die Hände verbarg er in den Hosentaschen. Was trieb der da drüben? Fummelte der an seinem Geschlechtsteil herum? Was, wenn er jetzt über Gleise und Schotter stieg? Wenn er mir einen Geldschein hinhielt und mich begrapschte? Wenn er mir den Mantel aufriss und mich gegen die gläserne Haltestellenwand schleuderte? Um mich herum Hochhausriesen mit viereckigen Lichtaugen. Irgendwo jaulten Krankenwagen. In Abständen preschten Autos vorüber. Wenn ich schrie, würde mich niemand hören. Wenn ich davonrannte, würde der Typ mich locker einholen. Auf den Touren nach Bulgarien war mir nie etwas passiert. Ich hatte gescherzt und gelacht, und die Fernfahrer waren nette Kerle gewesen, charmant, leicht verwahrlost, ein bisschen einsam. Ich hatte sie in der dunklen Kabine gestreichelt, sie an meiner Haut riechen lassen, ihre Küsse erwidert. Sie hatten sich unbeholfen und demütig in mich gegraben, ohne Gesicht, ohne Geschichte, und ich hatte hellwach verfolgt, wie ihre Körper sich bäumten und außer Kontrolle gerieten. Ich hatte Studien betrieben, Experimente gemacht und mich selbst erforscht. Tina hatte mich entsetzt gefragt, ob ich mich nicht ekelte. Nein, hatte ich geantwortet. Das war nicht immer wahr gewesen. Trotz aller Neugier hatte ich manchmal Widerwillen empfunden. Hinter der bulgarischen Grenze, wenn Tina und ich mit unseren Rucksäcken aus den Trucks gesprungen waren, hatten die Fernfahrer uns Schokolade geschenkt, Äpfel oder Kasetten mit türkischer Volksmusik. Ich war siebzehn gewesen und davon ausgegangen, dass mir nie und nimmer etwas zustoßen könne. Wie eine schützende Hand hatte diese Annahme über mir geschwebt und sich stets auf wundersame Weise erfüllt. Tina und ich hatten nie aussteigen müssen in Rumänien. Immer waren wir heil nach Bulgarien gekommen. Ich hatte alles richtig gemacht, als ich ein junges Mädchen gewesen war. Jetzt aber war ich doppelt so alt. Jetzt beging ich Fehler. In einem naiven Anfall von Freiheitsdrang hatte ich mich in eine ausweglose Lage katapultiert. Der junge Mann, der da drüben kaute und glotzte und vibrierte, war kein Fernfahrer. Bestimmt trug er ein Messer bei sich oder einen Schlagring. Was ritt mich, dieses gefährliche Pflaster zu betreten? Warum stellte ich solchen Unfug an? Was zwang mich, diese Tortur zu ertragen? Warum lag ich nicht neben Micha im Bett, wie es sich gehörte? Ich wollte nach Hause. Zurück in bekannte Gefilde. Sofort und dringend nach Hause. Die Bahn sauste heran. Ich stieg ganz vorn ein, nah beim Fahrer. Ich rettete mich in das trockene, hell erleuchtete Gehäuse. Ich sah durch die Scheibe und suchte nach dem Typen auf der anderen Seite. Er war verschwunden. War er mir gefolgt? Nein. Die Bahn bestand nur aus einem Wagen und der gehörte mir ganz allein. Ich löste einen viel zu teuren Fahrschein, mit dem ich bis nach Bulgarien kommen würde. An der vorletzten Station stieg ich aus und lief an den stachligen Büschen entlang. Da lag er, der unförmige Flachbau mit dem grün-goldenen Schild, angestrahlt von drei Lichtquellen. Auf der Rampe für Rollstuhlfahrer schüttelte ich die Haare. Ich trat ein. Der Mann war nicht da. Ingeborg hinter dem Tresen polierte die Gläser. Grüß dich, sagte sie. Die Beinlosen, ins Skatspiel vertieft, nickten kurz. Ich hängte den Mantel auf und verstaute die Reisetasche hinter der Tür neben der Omi. Sie saß vor ihrem Bier und verfolgte mit munteren Augen mein Tun. Ihre Pudelmütze wackelte ein wenig. Ingeborg stellte mir einen Sekt bereit. Ich strich den Rock glatt, kletterte auf den Hocker und saß aufrecht und ordentlich an meinem Platz. Ingeborg sah mich an. Ich sah Ingeborg an. Sie lächelte. Ich lächelte. In ihrem linken Auge blitzte Freude, und das rechte, das gläserne, schien vor Rührung über mein Erscheinen ein bisschen zu tränen. Hast du Kleingeld?, sagte ich und reichte Ingeborg drei Zehn-Euro-Scheine. Sie kramte in ihrem schwarzen, gefächerten Kellnerportemonnaie. Ich lauschte dem Sparbüchsengeräusch, das früher wie der Beweis von Reichtum geklungen hatte. Ingeborg brachte Münze um Münze zum Vorschein, legte sie auf den Tresen, und gemeinsam reihten wir die runden Geldstücke mit den Zeigefingern aneinander. Die goldene Schlange kroch in Richtung der Jukebox. Heute würde ich sechzigmal »Je t'aime« hören. Wir bauten dem Reptil einen doppelten Schwanz aus Zwanzig-Cent-Stücken, als der Mann eintrat. Mein Atem wurde schwer. Das Korsett hielt mich beisammen. Der Mann sah mich an. Wie schön er war. Die widerborstigen Brauen hoben sich deutlich. Der Bart, schien mir, war weißer geworden, ein sehr helles Grau. Der Mann zog seinen Mantel nicht aus. Der Stock pochte. Der Mann setzte sich auf seinen Platz.

Was wollen Sie?
Ich will zu Ihnen. Ich bin gekommen. Jetzt bin ich da.
Wo ist Ihre Tochter?

Zu Hause.
Bei Kirbach.
Ich habe mich abgemeldet. Bis morgen. Vierundzwanzig Stunden.
Das ist viel.
Wollen Sie mich noch?
Ja.
Dein Fell ist weiß geworden, altes Tier.

*

Ich kniete auf allen vieren auf dem Küchenboden. Der Mann hatte es befohlen. Ich durfte mich nicht vom Fleck rühren. Der Mann hatte mich allein gelassen, die Küchentür angelehnt, und ich wusste nicht, wann er wiederkam. Ich lauschte. Wo war der Mann? Was tat er? Nichts war zu hören. Überall sah ich hellgraue Striche, ein wildes Gekrakel auf weißem Grund, dicke und dünne Linien, lange und kurze, gerade und krumme. Die Striche machten mich verrückt. Ich riss den Blick von den Einzelheiten los und zwang, in der Hoffnung auf Überblick, meine Augen in die Totale. Die Linien, jetzt konnte ich es sehen, stellten gar kein Phantasiemuster dar. Das sollte Marmor sein! Ein Imitat, dem Original akribisch nachempfunden. Der Boden der Küche, in der es alles doppelt gab, war mit weißem Marmor ausgeschlagen. Befeuert von meiner Entdeckung erkannte ich, dass die Struktur sich hundertfach wiederholte. Darin unterschied sich der billige Abklatsch von echtem Marmor. Ohne dass ich die Übergänge hätte ausfindig machen können, sah ich von Quadratmeter zu Quadratmeter genau die gleichen Maserungen, genau die gleichen Schattierungen, genau die gleichen Weggabelungen. Der ganze Boden entpuppte sich als Suchbild, ein Suchbild für Übergänge, ohne dass in einer Ecke kopfüber die Lösung stand. Ich hob abwechselnd die Knie, um sie zu entlasten. Ich kreiste mit dem rechten, dann mit dem linken Handgelenk. Schöne Übungen, um das Gleichgewicht zu trainieren. Ich hörte, wie ein Schlüssel sich im Schloss drehte. Eine Schranktür klappte. Etwas raschelte. Papier? Eine Tüte? Suchte der Mann etwas? Ich spitzte die Ohren. Schritte. Seine Schritte. Der Stock klopfte. Aber der Mann kam nicht. Ein Wasserstrahl schlug auf Emaille. Der Mann musste in der Nasszelle sein. Wusch er sich die Hände? Wie lange ließ er mich noch zappeln? Bereitete er sich vor? Etwas ploppte. Eine Spraydose? Ein Klicken und Klappern. Eine Tube? Eine Flasche? Mit Schraubverschluss? Salbte er sich? Rieb er sich ein? Oder trank er? Schnaps? Medizin? Wieder Schritte. Wieder der Stock. Plötzlich Stille. Nichts mehr. Draußen surrten die Seile im Schacht. Hatte der Mann die Wohnungstür geöffnet? Ging er hinaus? Verließ er mich? Sollte ich nachschauen? Nein! Ich musste hier verharren, wie er es verlangt hatte. Ich krümmte den Rücken und machte einen Katzenbuckel. Das half den Lendenwirbeln. Ich legte den Hintern auf den Stiefelabsätzen ab, was mir erlaubte, die Arme auszustrecken. Ich dehnte die Schulterpartie und ließ die Finger tanzen, ohne mit den Handballen den Kontakt zum Marmor zu unterbrechen. Ein erstaunlicher Spielraum. Ohne die Position zu verlassen, konnte ich viele Positionen einnehmen. Das Korsett knarrte leise. Die Brüste wölbten sich aus dem Dekolletee, was mich beeindruckte. Sie sahen fremd aus. Lauter neue Perspektiven. Von draußen hörte ich nichts. Wollte der Mann mich vierundzwanzig Stunden hier schmoren lassen, ohne dass etwas geschah? Knisterte etwas? Was machte der Mann, während ich hier wartete? Kein Knistern. Jetzt klickte etwas. Die Handschellen? Präparierte der Mann die Handschellen, mit denen er mich hier festmachen wollte? Schon vor dreißig Jahren hatte ich das Wachstuch auf dem wackligen Gartentisch meiner Oma so gründlich studiert wie jetzt das Marmor-Imitat. Schon vor dreißig Jahren hatte ich den Trick nicht verstanden, mit dem irgendein Schlaumeier die Übergänge kaschiert hatte, die Übergänge des unordentlichen Musters von sich selbst zu sich selbst. Schon vor dreißig Jahren war die chaotische Anordnung alles andere als Zufall gewesen. Jemand musste die winzigen Bestandteile so mit der Pinzette ausgelegt haben, dass die Anfänge des Musters seinen Enden aufs Haar glichen. Als Kind hatte ich den starken Drang verspürt, in diesen wirren Mustern für Ordnung zu sorgen. Ich hatte gründlich aufräumen wollen. Die Klospülung rauschte. Wasser lief. Es gluckerte. Es gurgelte. Es plätscherte. Was trieb der Mann in der Nasszelle? Putzte er die Zähne? Duschte er? Planschte er seelenruhig in der Badewanne? Stille. Wie lange mochte ich hier schon knien? Warum erlöste der Mann mich nicht? Die Küchentür öffnete sich. Leise schabte eine Kante über den Boden. Aber ich vernahm keine Schritte. Hatte der Mann die Schuhe ausgezogen? Wo war der Stock? War der Mann nackt? Warum fasste er mich nicht an? Stand er im Türrahmen, um mich zu betrachten? Würde er gleich wieder verschwinden? Ich lauschte. Ich hörte seinen Atem und ein Tapsen. Nackte Füße auf Marmor-Imitat. Der Stock fehlte. Humpelte der Mann in Wirklichkeit gar nicht? Brauchte er keinen Stock? Der Atem kam näher. Ich roch das Rasierwasser und diesen sensationellen zweiten Duft. Pfoten packten zielsicher meine Beine und drückten sie rabiat auseinander. Der Mann, er kniete hinter mir. Ich drehte mich nicht um. Ich wusste nicht, ob er es verboten hatte oder ob ich selbst es mir verbot. Der Mann bahnte sich den Weg. Er nahm keine Rücksicht. Er zeigte kein Verständnis für meine Wehwehchen. Er wollte nicht wissen, wie ich mich fühlte. Er griff zu. Die Pfote fuhr mir in den Körper. Direkt und tief und bis zum Anschlag. Der Schauder schwappte die Wirbelsäule hinauf bis zur Hirnrinde. Wie viele Finger steckten in mir? Die andere Pfote untersuchte das Leder der Stiefel, die Strümpfe, die Strapsbänder. Sie tastete nach den Übergängen. Die Waldschratstimme klang trocken.

Was für ein Anblick. Schade, dass Sie das nicht sehen können. Ihr wunderbares Hinterteil. Wie es unter dem schwarzen Stoff hervorquillt. Wie die Strapsbänder ins Fleisch schneiden. Es ist der schönste Arsch der Welt. Zwei weiße Halbmonde. Sie leuchten. Ich werde Ihnen jetzt zeigen, warum Sie hier sind.

Eine Pfote im Genick zwang meine Stirn zu Boden. Ich verlor den Überblick. Noch nie hatte jemand so über meinen Arsch gesprochen. Ich sollte ihn hinhalten. Der Mann wollte einen einzelnen Arsch, ohne Oberkörper, ohne Kopf, ohne diese lästigen Anhängsel. Der Mann schlug zu. Die Pfote drosch mit ganzer Kraft, selten, zu selten, viel zu oft, nein, zu selten. Ich wappnete mich für jeden nächsten Hieb. Er kam nie,

wenn ich ihn erwartete. Kein Rhythmus stellte sich ein, kein Gleichmaß, unvorhersehbar preschte die Pfote hernieder. Ich fürchtete den nächsten Schlag und sehnte ihn herbei, damit er vorübergehen konnte. Ich beschloss, dass mir nichts weh tat. Jetzt, sagte der Mann, jetzt rieche ich dich. Falte mich, sagte ich, mach mich passend. Und immer diese vielen grauen Striche. Ein Marmormeer, auf dem ich mich fügte. Er nahm sich, was er brauchte. Er mutete mir alles zu. Er dachte nur an sich. Er bearbeitete mich wie einen Batzen Teig. Wieder die Pfoten, die rigoros nach meinen Hüften langten, perfekte Haltegriffe, stabil, robust, Superhüften, einzig für diese Benutzung erfunden. Es schmatzte. Bei jedem Stoß schmatzte es. Ob der Mann die Hörgeräte trug? Er sollte hören, was mein Körper fabrizierte. Natürlich hörte er es. Das Geräusch gab ihm den letzten Kick. Ratzfatz. Peng und Flutsch. Eine großartige Hure, das war ich. Eine Königin, eine mächtige Königin. Aufdonnern, hinhalten, und der Mann entlud sich. Alles wegen mir. Der Mann schob mich beiseite wie der Bauer die Kuh. Er plumpste neben mir auf den Rücken. Ich krachte zusammen und lag auf dem Bauch. Ich hörte den Atemzügen zu, seinen, meinen, ein asynchrones Keuchen. Platt klebte ich am Boden, die Hände unterm Kinn. Abertausende hellgraue Striche auf weißem Grund. Hier unten verweilen. In den Niederungen der Ebene. Sich in den Übergängen verlieren.
La petite mort, sagte er.
Was?, sagte ich.
Der kleine Tod, sagte er.

*

Es klopfte. Ich setzte mich flugs auf der großen Matratze zurecht, stopfte mir eines der weißen Kopfkissen in den Rücken und lehnte mich an die weiße Wand. Es klopfte wieder, sehr diskret. Ich war nackt. Ich zog die weiße Bettdecke bis zur Nasenspitze.
Herein, sagte ich.
Meine Stimme hörte sich rau an. Wie spät mochte es sein? Die Tür öffnete sich. Zuerst sah ich ein Tablett, darauf ein dampfendes Frühstück.
Guten Morgen, Prinzessin, sagte der Mann.
Seine Stimme klang ganz verändert.
Wünsche wohl geruht zu haben, sagte der Mann.
Im dunkelblauen Bademantel trat er ein. Gekonnt schwenkte er das Tablett, ließ es auf einer Hand schweben und drehte, die andere Hand auf dem Rücken, eine repräsentative Runde durch das Zimmer. Vor der Matratze blieb er stehen und klapperte mit den Augendeckeln.
Erlaube mir die Frage, sagte er schüchtern, wie es heute Morgen um den Appetit der durchlauchtesten Prinzessin bestellt ist.
Ich verstand, was der Mann spielen wollte. Ich gähnte möglichst niedlich, machte zwei Fäustchen und rieb mir den Schlaf aus den Augen.
Was sehen meine schlaftrunkenen Prinzessinnenäuglein da!, zwitscherte ich.
Ein Gruß aus der königlichen Hofküche, sagte er ergeben.
Das Tablett schwebte auf die Matratze nieder, direkt vor meine Nase.
Eier mit Speck!, rief ich und klatschte entzückt in die Hände, unser Leibgericht!
Ich trank Kaffee und fing an zu essen. Ich spreizte die

Finger vom Besteck, spitzte den Mund, kaute wie ein Hase mit den Schneidezähnen. Hier ein Häppchen Toast, dort ein Schlückchen Saft. Ich seufzte vor Genuss. Ich schmachtete mit verklärtem Blick das Spiegelei an. Ich hatte großen Hunger. Der Diener stand in vollendeter Zurückhaltung zwei Meter entfernt und schaute mir mit bescheidenem Wohlgefallen beim Essen zu. Als ich den Kaffee ausgetrunken hatte, hielt ich ihm die Tasse hin. Er hüpfte behende zur Tür hinaus.

Hopp, hopp!, hörte ich ihn rufen, die Prinzessin wünscht frischen Kaffee!

Er kehrte mit einem der Espressokocher zurück, füllte Kaffee nach, dann Milch und rührte klimpernd mit einem Löffelchen in der Tasse.

Köstlich!, zwitscherte ich und legte Messer und Gabel auf dem leeren Teller ab.

Erlaube mir die Bemerkung, näselte der Diener und senkte das Haupt, der Appetit der Prinzessin scheint mir heute Morgen außerordentlich gesund zu sein.

Ich nahm den Diener ins Visier. Er war ganz schön frech. Musste ich mir das bieten lassen?

Dummes Geschwätz!, rief ich. Was steht er dort unnütz herum!

Der Diener hob erschrocken die Hände.

Bitte untertänigst um Vergebung, hochverehrte Prinzessin!, stammelte er.

Impertinenter Zausel!, rief ich. Wozu halte ich ihn aus! Schaffe er Nachschlag herbei!

Selbstverständlich, sofort!, rief der Diener ermattet, der Appetit Ihrer Durchlaucht ist so zart wie der eines Vögelchens!

Er hüstelte vielsagend in die Hand.

Papperlapapp!, rief ich, hinaus mit ihm! Nachschlag! Oder muss ich ihm erst Beine machen!
Der Diener rang um Fassung, wand sich düpiert und schüttelte den Kopf.
Der Oberhofkoch ist schuld, flüsterte er vertraulich, schläft andauernd ein!
Faule Ausreden!, rief ich. Wenn er nicht augenblicklich tut, was ich verlange, werfe ich ihn eigenhändig aus dem Schloss!
Beflissen klatschte der Diener in die Hände, huschte im Laufschritt zur Tür.
Hiergeblieben!, rief ich.
Der Diener blieb wie auf Knopfdruck stehen, ein Bein in der Luft, die aufgerissenen Augen erstarrt.
Fege er die Striche zusammen!, rief ich.
Der Diener zupfte sich am Ohrläppchen und schlug sich an die Schläfe, als habe er sich verhört.
Wie meinen Euer Hoheit?, fragte er, die Augenbrauen zu einer Sorgenfalte zusammengeschoben.
Die grauen Striche!, rief ich und zeigte auf den Boden, zusammenfegen, zählen und nach Größe sortieren!
Der Diener tupfte sich den Schweiß von der Stirn. Er kratzte sich den Bart. Er befand sich am Rande des Nervenzusammenbruchs.
Sehr wohl, sagte er, eine Verbeugung andeutend.
Er eilte hinaus und kam mit Handfeger und Kehrschaufel zurück. Den Mund nervös gekräuselt, lächelte er mir fortwährend zu und begab sich in eine Zimmerecke.
Der Boden soll weiß sein!, befahl ich, weiß wie meine fabelhafte Prinzessinnenhaut!
Erlaube mir die Bemerkung, näselte der Diener, Eure Haut ist weiß wie Schnee!

Red er nicht, schrie ich, feg er!
Ich wedelte den Diener von Ferne mit gebieterischer Geste zu Boden. Er kauerte sich hin und begann mit der Arbeit. Die kleinen Finger standen wie Dornen ab. Ich schaute auf den gebeugten Rücken, den Nacken, den Schädel. Der Bart war so weiß, wie es der Boden nun werden sollte. Der dunkelblaue Bademantel berührte das Marmor-Imitat. Konzentriert arbeitete der Diener an der Beseitigung der Striche. Der zweite Duft, der mich schon seit dem Erwachen umfloss, trat mir ins Bewusstsein.
Komm er zu mir, sagte ich.
Der Diener richtete sich auf. Er ließ Handfeger und Kehrschaufel liegen und tat, wie ihm befohlen.
Räum er das Tablett fort, sagte ich.
Der Diener befolgte meine Anweisung. Er trug das Tablett mit dem Geschirr zum Schreibtisch. Ich schlug die Bettdecken beiseite, entfernte Krümel vom weißen Laken und bereitete eine reine, glatte Fläche.
Zieh er sich aus, sagte ich.
Der Diener knotete den Gürtel des dunkelblauen Bademantels auf. Er ließ die Hülle aus Frottee und Samt auf die Erde rutschen. Nie zuvor hatte ich ihn nackt gesehen. Unter grauen Härchen flammte die Brust, als habe sie zu viel Sonne abbekommen. Die Arme verrieten nichts von der Kraft, die in ihnen schlummerte. Der Bauch rund, der Nabel ein Versteck, die Beine stramm von Muskeln, die Hüften rätselhaft unversehrt. Zeichnungen, Unregelmäßigkeiten, kleine Narben. Ein Körper mit Vergangenheit. Ein Körper voller Geschichten. Ein Ausbund an Schönheit.
Leg er sich auf den Rücken, sagte ich.
Der Diener kroch aufs Bett. Ich drückte seine Fesseln,

die Hände, die Schultern in die Matratze. Jetzt gehörte das alles mir, der überaus launischen, herrschsüchtigen Prinzessin. Der Diener rührte sich nicht. Er gab keinen Mucks von sich. Er lag wie tot. Ich stieg auf den Körper und breitete mich aus. Mein Untertan schloss die Augen. Er ertrug mein ganzes Gewicht. Ich fing an, mich zu rächen.

*

Von nun an fuhr ich mehrmals in der Woche zwischen Weißensee und Hellersdorf hin und her. Hier war ich Paulas Mama; dort war ich die Geliebte des Mannes. Die Linie sechs brachte mich jeweils ins andere Land, von der Mitte an den Rand, vom Rand in die Mitte. Schlich ich morgens in die Wohnung, legte ich mich neben Micha ins Bett. Manchmal erwachte er und drehte sich auf die andere Seite. Ich schlief höchstens zwei Stunden, und um halb sieben weckte ich Paula. Ich machte ihr Frühstück, verabschiedete sie in die Schule und saß um acht am Schreibtisch. Ich ackerte mich im Turboverfahren durch die Manuskripte und kümmerte mich um den Haushalt. Holte ich Paula aus dem Hort, trieben wir uns auf dem Spielplatz herum, wo ich mit Eltern scherzte und Komplimente für mein frisches Aussehen empfing. Ein Leuchten ginge von mir aus. Ob ich abgenommen hätte? Ich dankte errötend, lachte und lenkte auf ein anderes Thema um. Auch Paulas Freundinnen, die wir zum Spielen einluden, steckte ich mit meiner guten Laune an. Statt der zu erwartenden Müdigkeit befiel mich eine Überwachheit. Ich übernahm die volle Führung über unser Leben. Ob ich mit dem Textbüro telefonierte, ein Geschenk für einen Kindergeburtstag bastelte oder mit Micha die Einkaufsliste durchsprach, stets war ich voller Energie bei der Sache. Der Ehrgeiz, mir im Tagesgeschäft keine Patzer zu leisten, paarte sich mit der heimlichen Aussicht, das Beste noch vor mir zu haben. Die Serie schaute ich nie mehr. Statt vor dem Fernseher abzuschlaffen, vergnügte ich mich mit Paula. Ich las ihr Bücher vor und kraulte ihr den Rücken. Abend für Abend vergewisserte ich mich unserer Liebe. Paula wusste nichts von meinen Ausflügen nach Hellersdorf. Allerdings genoss sie meine Kraft, die Lust, die Heiterkeit. Paula profitierte von meinem Fluggefühl, ohne die Ursache zu kennen. Ich war nie eine bessere Mutter gewesen. Schlief Paula ein, lauschte ich ihrem Atem, der tief aus Träumen schöpfte. Ich schlich aus dem Zimmer, schnappte meine Sachen. Micha gab vor dem Fernseher ein trauriges Bild ab. Aus dem Augenwinkel nahm er wahr, dass ich die Wohnung verließ. Ich hatte ihn mit dem Tatbestand konfrontiert, dass es den anderen Mann gab, immer noch, wieder. Dass dieser Mann zwanzig Jahre älter war als ich und in der Hellersdorfer Platte lebte. Das aber hatte Micha schon nicht mehr hören wollen. Ich hatte trotzdem weitergeredet. Dass ich diesen Mann aufsuchen würde, wann immer es Michas Premierenplan erlaubte. Dass unsere Beziehung an ihr Ende gelangt sei. Dass ich nicht mehr Michas Frau, wohl aber Paulas Mutter war. Micha hatte geschwiegen, verletzt, feindselig, hilflos. Ich hatte nicht mehr um ein Gespräch gebeten. Es hatte bisher auch keines stattgefunden. Micha sah dem Geschehen einfach zu. Was hätte er auch tun sollen? Er war kein Kämpfer, kein Angreifer. Er war höchstens ein Verteidiger, am Erhalt des Status quo interessiert. Vielleicht weinte er sich bei Tina aus: Warum können wir nicht, was alle können? Warum ist meine Frau nicht still und hegt und pflegt, was wir uns aufgebaut haben? Es geht ihr doch nicht schlecht bei mir. Micha tat mir leid, wie er stumpf, müde und ratlos die gewohnten Bahnen durch seine Tage zog. Manchmal jedoch empfand ich die Passivität als unerhört, als hochnäsig. Er schien sich dem Mann gegenüber im Vorteil zu fühlen. Er verstand nicht, warum ich einen alten Knacker seiner noch knapp vorhandenen Jugend vorzog. Warum ich freiwillig nach Hellersdorf fuhr, obwohl ich eine hübsche Stuckwohnung in Weißensee hatte, noch dazu ein Häuschen im Grünen in Aussicht. Warum ich nicht ihm, dem tollen Vater, sondern einem kinderlosen Eigenbrötler den Vorrang gab. Micha fand das komplett unlogisch. Es musste ihm wie ein Fehler erscheinen. Ein Fehler meinerseits. Micha ging davon aus, ich sei geblendet von einem Strohfeuer. Micha würde diese Phase clever aussitzen, wie er bisher alles ausgesessen hatte. Innerlich rieb er sich bereits die Hände und wartete auf den Moment, in dem ich meinen Fehltritt eingestand und reumütig ins alte Leben zurückkroch. Diesmal aber hatte er sich geschnitten. Der Aussitzer wurde einfach sitzen gelassen. Die stumme Entschlossenheit, die ich einst an Micha bewundert hatte, entlarvte sich als Unfähigkeit, die Dinge anders zu betrachten. Er ließ sich partout nicht aus der Reserve locken, und plötzlich kannte ich den Grund: Micha besaß überhaupt keine Reserve.

Die Kühle, die mich befiel, schärfte den Blick. Ich sah Micha klar umrissen vor mir. Er war ein ängstlicher und ahnungsloser Mensch, ein schwacher. Die Distanz nahm zu. Ich entfernte mich. Die Linie sechs trug mich davon. Auf meinen nächtlichen Reisen blickte ich aus dem Fenster auf die viereckigen Lichtaugen, die hohen Stahlmasten, an denen Fahnen wehten, die mickrigen Bäumchen in Stützkonstruktionen. Ich konnte die Stationen bald auswendig aufsagen. Die Strecke wurde mir vertraut. Die Kontrolleure traf ich nie mehr, und auch die finsteren Jungs entdeckte ich nirgends. Ich saß trotzdem immer vorn, nah beim Fahrer. Wir schlingerten durch die Betonwüste. Die Fahrt dauerte lang und erlaubte es mir, mich zu verwandeln. Ich legte die Mutti ab. Die Hure kam zum Vorschein. Gegen halb zehn erreichte ich die Perle. Zopf lösen, Haare schütteln. Der Mann erwartete mich. Er half mir aus dem Mantel und empfing mich mit einem Sekt. Er lächelte. Meine Schöne, sagte er. Ingeborg lächelte auch und hielt sich bereit für den Fall, dass sie mich ankleiden musste. Ich ließ mich vom Rasierwasserduft umhüllen und gab die tagsüber erprobte Führung ab. Ich berichtete dem Mann von meinen Leistungen, von meiner Furcht, Paula zu schaden, von meinem Schrecken über den fremden Menschen namens Michael Kirbach. Nicht du hast Kirbach gewählt, sagte der Mann. Doch, sagte ich, das ist das Schlimme daran. Nein, sagte der Mann, dein Kinderwunsch hat ihn gewählt, der braucht gesicherte Verhältnisse. Ich verstand nicht sofort. Meinte der Mann, ich hätte nach irgendeinem Männchen mit geregeltem Einkommen gegriffen, Hauptsache im zeugungsfähigen Alter? Ein beliebiges Exemplar mit Fortpflanzungsgarantie? Dann habe ich auch dich nicht selbst gewählt, sagte ich. Mag sein, sagte der Mann, das war wieder ein anderer Teil von dir. Ich berührte die Hörgeräte. Der Mann hielt ganz still. Wir verabschiedeten uns von Ingeborg, die mit knochigen Fingern wehmütig winkte. Wir spazierten durch die Hellersdorfer Nacht, der Mann, der Stock und ich. Immer nahm der Mann meine Hand und stopfte sie zusammen mit seiner in die Manteltasche. Ich erlernte den Weg durch die chaotische Legolandschaft, wie ich ihn schon einmal als Kind im Wohngebiet meiner Eltern erlernt hatte. Der Mann blickte stur geradeaus. Er schaltete um. Jetzt war er Befehlshaber. Ich sah die widerborstigen Brauen, die Hakennase, den akkurat gestutzten Bart, den Atem in der Kälte. Wir erreichten die Nummer 102 e. Der Mann bestimmte, ob wir die Treppen oder den Fahrstuhl nahmen. In der Junggesellenbude mit den doppelten Requisiten, in der kargen Klosterzelle, im Marmorpalast hoch oben über der lichternden Stadt legten wir die Mäntel ab. Wenn ich die Stiefel ausziehen durfte, schnappte der Mann meine Fesseln und warf sie sich über die Schultern. Manchmal verband er mir die Augen, und ich roch diesen zweiten Duft. Ich ließ mich über den Küchentisch legen oder vor dem Mann in die Knie zwingen. Er gab die Kommandos. Dann drehte ich den Spieß um. Der Mann musste auf dem blauen Polster des Schreibtischstuhls sitzen, wie ein überführter Gangster an der Wand lehnen oder mir einen Oberschenkel zur Verfügung stellen. Wir berührten uns an Stellen, die zuletzt vor vielen Jahrzehnten unsere Mütter angefasst hatten. Wenn wir zu müde waren, machten wir es uns selbst und entzündeten unsere Lust am Anblick des anderen. Hinterher lagen wir beieinander, und unzensierte Reste flossen uns aus den Hirnen über die Lippen, uralte Geschichten, saublöde Witze, Kinderfragen. Wir nannten es postkoitales Geplapper, und die Matratze tauften wir Lotterbett. Halb vier klingelte der Wecker, den der Mann sicherheitshalber gestellt hatte. Ich duschte, der Mann rubbelte mich trocken. Ich schlüpfte in mein Mutti-Kostüm, der Mann schloss mir den Mantelkragen. Wenn die Prinzessin Heißhunger verspürte, hüpfte der Diener ihr nach und fütterte sie mit Salamistücken oder Schokolade. Er begleitete mich im dunkelblauen Bademantel, auf Latschen und ohne Stock, fuhr mit mir bis ins Erdgeschoss. Im ranzigen Treppenhaus verabredeten wir uns aufs Neue und lachten, weil wir von Michas Dienstplan abhängig waren. Wir standen vor der vergilbten Front aus Briefkästen, zu unseren Füßen Zigarettenkippen, zerknitterte Werbeblätter. Er rieb mir ein letztes Mal mit dem Zeigefinger über den Steiß, ich strich mit der Zunge über seine Zähne. Der Mann trat mit mir in die Kälte und schaute mir lange nach. Er winkte. Ich winkte. Waidwund und frierend stieg ich in die Sechs, in der blasse Leute schliefen. Ihre hängenden, ungekämmten Köpfe schaukelten. Die Proleten traten zur Frühschicht an. In wenigen Fenstern brannte schon Licht. Auf den Parkplätzen krochen vereinzelt erste Autos davon. Ich verbarg die Hure und aktivierte die Mutti. Ich erreichte den Weißenseer Weg, ging zwanzig Minuten zu Fuß, schlich vorsichtig in die Wohnung. Gegen Morgen wurde Paulas Schlaf leichter. Ich fiel neben Micha in einen komatösen Tiefschlaf. Kostbare Stunden mit Paula. Kostbare Stunden mit dem Mann. Darauf lief es hinaus. Ich führte zwei Leben, eines am Tag, eines in der Nacht. Vom Doppelleben verlor ich einige Kilo Gewicht, was mich in Weißensee beglückte und in Hellersdorf bedrückte. In Weißensee wollten wir alle möglichst schlank sein. In Hellersdorf steckte ich Schelte ein und gelobte, mir den Speck bald wieder anzufressen. An zwei Orten füllte ich zwei Rollen aus. Ich pendelte. Die Linie sechs gab die Route vor. Wie hatte Tinas Leitspruch gelautet? Dass die Dinge in Bewegung bleiben, für einen selbst, in der Beziehung, im Leben, das ist das Allerwichtigste. Nicht die Dinge bewegten sich. Ich bewegte mich in den Dingen. Ich war das Pendel geworden, das weit ausschlug.

*

Du siehst großartig aus, sagte Ingeborg.
Sie sprühte mir einen Hauch des neuen Parfüms hinter die Ohren und zupfte mir den Stoff über den Schultern zurecht.
Meinst du, es gefällt ihm?, sagte ich.
Aber sicher, sagte Ingeborg, das gefällt den Männern, die meisten haben es bloß vergessen.
Ingeborg und ich waren shoppen gewesen. Der Mann hatte mir tausend Euro in die Hand gedrückt und verlangt, dass ich mir etwas Schönes kaufe. Von der Summe und dem Auftrag überfordert, hatte ich Ingeborg gebeten, mich zu begleiten. Wir waren durch die Kaufhäuser gezogen, einen ganzen Vormittag lang. Wir hatten gekichert, diskutiert und mein Spiegelbild betrachtet. Ingeborg hatte mich kompetent beraten, mir jede Menge Klamotten in Umkleidekabinen gereicht und mich von oben bis unten neu eingekleidet. Stolz auf unseren Erfolg hatten wir am Schluss Kassensturz gemacht, uns in ein Café am Kudamm gesetzt, zwei

Eisbecher und zwei Prosecco bestellt. Wir hatten das Geld bis auf den letzten Heller ausgegeben. Ingeborg war mit vielen Tüten bepackt nach Hellersdorf gefahren und ich zum Schulhort gehetzt.
Jetzt stand ich vor dem Tresen. Ingeborg zuppelte an mir herum und umkreiste mich fortwährend. Ich trug hohe schwarze Pumps mit rundlichen Kappen, matt glänzende schwarze Strümpfe, einen Hüftgürtel, eine schlichte Corsage, die den Busen anhob und die Taille betonte, darüber ein sündhaft teures, enges schwarzes Kleid. Es war mir sofort ins Auge gefallen. Der schmale Pelzbesatz an Ausschnitt, Handgelenken und Rocksaum schmeichelte der Haut und ließ mich weich und gefügig wirken, doch waren der Gehschlitz und der geraffte Stoff unter der Brust mir viel zu gewagt erschienen. Genau das Richtige!, hatte Ingeborg ausgerufen, er will doch deine Rundungen sehen! Ich hatte meine Zweifel kurzerhand begraben und beschlossen, dass ich, wenn Ingeborg mir schon half, auch auf sie hören musste. Ingeborg rückte den zarten weißen Perlmuttstein der Halskette in die Mitte des Dekolletees. Sie schaute mich immer wieder an, pflückte ein Stäubchen vom Pelzbesatz. Wir waren beide aufgeregt, die Schöpferin und ihr Werk, und auch die Beinlosen verfolgten unsere letzten Vorbereitungen mit ernstem Fachinteresse.
Der Mann trat ein. Ingeborg und ich standen vor Schreck stramm wie zwei Pionierinnen. Der Mann trug den Mantel offen, darunter einen edlen, dunkelgrauen Anzug. Er hatte die schwarzen Schuhe geputzt, den Bart frisch gestutzt. Der Stock sah poliert aus. Die Bauarbeiterhände steckten in schwarzen Lederhandschuhen.

Wow!, sagte der Mann.
Ingeborg und ich blickten uns verschämt an. Wir mussten lachen. Auch der Mann war bestens aufgelegt. Ich sah es den Mundwinkeln an und dem Funkeln unter den widerborstigen Brauen. Der Mann kam zu mir. Ich roch das Rasierwasser. Ingeborg zupfte dem Mann den weißen Hemdkragen gerade, trat einen Schritt zurück und betrachtete uns.
Das hat Klasse, sagte sie und seufzte, ein Traumpaar!
Der Mann nahm meinen Arm. Wir drehten eine Ehrenrunde, wendeten uns den Beinlosen zu, die die Lippen schürzten. Dann zeigten wir uns der Omi. Sie blickte uns mit leuchtenden Äuglein an. Vielleicht meinte Omi, einer Hochzeit in Schwarz beizuwohnen, einer heimlichen Vermählung?
Plötzlich straffte sich der Mann.
Jetzt aber raus aus der Schmuddelecke, sagte er, gehen wir!
Die Beinlosen protestierten schlapp gegen die Beleidigung.
Vorsicht, Vorsicht, sagte Ingeborg und ließ den dürren Finger wackeln, soll ich ein Taxi rufen?
Nicht nötig, sagte der Mann.
Er half mir in den Mantel, Ingeborg reichte mir die neue Handtasche. Der Mann öffnete die Tür. Wir verabschiedeten uns. Wir schritten die Rampe hinab. Wir liefen an den geschwärzten Scheiben entlang. Als ich mich umdrehte, sah ich Ingeborg, die Omi und die Beinlosen, die uns neugierig in die Kälte folgten. Am Straßenrand stand ein alter Volvo, ein hellgraues, rundgelutschtes Fünfziger-Jahre-Modell. Der Motor war angelassen. Der Auspuff dampfte. Der Mann hielt mir die hintere Tür auf, ich stieg ein. Am Steuer saß

ein Herr. Er wünschte mir einen guten Abend. Ein Volvo mit Chauffeur? War ich in einem französischen Kinofilm? Im Museum? Der Mann stieg auf der anderen Seite ein. Durch die Scheibe sah ich unser Publikum. Wie aufgefädelt stand die Besatzung der Kneipe und winkte, als lege ein Ozeandampfer ab, die ganze Welt zu umfahren. Hoch über den Köpfen strahlte der goldene Schriftzug auf dunkelgrünem Grund. Der Chauffeur wendete und brauste davon.

Offenbar wusste der Chauffeur, wohin die Reise ging. Er benötigte keine Instruktionen. Ich sah den Mann an. Er schaute nach vorn, durch die Frontscheibe auf die schwarze Asphaltpiste. Er bemerkte wohl, dass ich ihn betrachtete, gab mir aber keinen Blick. Ich hätte viele Fragen stellen können. Ich stellte keine Fragen. Der polierte Stock lag zwischen uns auf dem ledergepolsterten Rücksitz. Ich sah hinaus. Die Hochhäuser flogen vorüber, die Tankstellen, die Shoppingcenter. Wir fuhren stadteinwärts. Wir folgten der Route der Linie sechs. Geschmeidig lenkte der Chauffeur den Wagen. Vielleicht unternahmen wir eine private Stadtrundfahrt? Schon meine Oma hatte es geliebt, stundenlang durch die Gegend kutschiert und am Schluss vor der eigenen Haustür abgeladen zu werden. Von mir aus konnten wir ewig durch die Stadt fahren, solange ich auf dem Rücksitz neben dem Mann sitzen durfte, der so gut roch. Sein Rasierwasser und mein Parfüm mischten sich mit dem Ledergeruch der Polster. Wir näherten uns dem Fernsehturm, ich sah das Rote Rathaus. Später passierten wir die monströsen Glasfronten am Potsdamer Platz. Es ging westwärts. Wir fuhren auf den Kudamm, der über und über mit Lichterketten behängt war. Der Chauffeur nahm die

Stadtautobahn und verließ sie bald. Von nun an kannte ich nichts mehr. Verschlafene Villenviertel, idyllische Vorstadtsiedlungen, schmale Waldstraßen. Dunkle Gefilde. Grüne Oasen. Wir mussten uns im tiefsten Westberlin befinden. Oder hatten wir Berlin bereits verlassen? War das schon Brandenburg? Der Wald wurde zum Park. Der Chauffeur fuhr nur noch Schritttempo. Unter den Reifen knirschte Kies. Eine Auffahrt, gesäumt von glockenförmigen Laternen und kantig beschnittenen Buchsbaumhecken. Wir fuhren durch ein gusseisernes Tor und auf verschlungenen Pfaden einen Hügel hinauf. Kurven verbargen das Ziel. Oben stand ein Schlösschen und verschwendete seinen geheimnisvollen Glanz in die Nacht. Ich blickte den Mann fragend an. Er lächelte. Der Chauffeur hielt an, stieg aus und öffnete mir die Tür. Ich bedankte mich. Der Chauffeur verneigte sich. Der Mann bot mir den Arm, und gemächlich schritten wir die steinerne, geschwungene Treppe hinauf, die mich an jene erinnerte, auf der Aschenputtel, als es vor dem Prinzen floh, einen Schuh verloren hatte. Im Portal empfing uns ein Kellner in einer weißen langen Schürze. Er musste uns erwartet haben. Mit filigranen Bewegungen nahm er uns die Mäntel ab und reichte sie flugs an einen jungen Mann in einer Hoteluniform weiter, der sie davontrug und verschwinden ließ. Höflich begleitete der Kellner uns durch ein herrschaftliches Foyer, in dem ein Kamin knisterte, davor tiefe Ledersessel, ein Tigerfell, eine bauchige Vase mit weißen Lilien, die einen süßen Duft verströmten. Der Kellner drückte die Messingklinke einer hölzernen Flügeltür herunter und ließ dem Mann und mir den Vortritt. Welche Pracht tat sich auf! Wir gingen über derbes, gediege-

nes Parkett. An den kalkweißen Wänden hingen hoch oben silbern eingefasste, ovale Spiegel, die das Licht vervielfältigten. Vor riesigen Bogenfenstern bauschten sich tiefrote Samtvorhänge. Die Decke glich einem gewölbten Himmel, einer Kuppel, bemalt mit wohlgenährten Engeln. Das Ambiente gemahnte an ein Theater oder an eine Kirche. Der Mann hatte mich in ein erstklassiges Restaurant entführt. Marmorsäulen teilten den Raum in Separees. Darin saßen kleine Gesellschaften. Eine Gruppe von Fräuleins mit strengen Haarknoten zwitscherte lieblich. Waren das Tänzerinnen? Herren in tadellosen Anzügen schwenkten lässig Cognakgläser und plauderten. In kleineren Nischen saßen Paare, einander zugewandt, edel gekleidet, heiter gestimmt, vom Schein der Kerzen, die in Lüstern brannten, in ein schmeichelhaftes Licht getaucht. Eine blonde Frau mit vielen Ringen an den Fingern und einem offenherzigen Dekolletee kam mir bekannt vor. Die Stimmen der Gäste verschmolzen zu Gemurmel, umspielt von sanften Tönen, die ein Pianist im Frack einem Flügel entlockte. Ohne dass der Mann etwas sagte, geleitete uns der Kellner zu einem Tisch, ein geschützter Platz am Rande, der Überblick verhieß. Auf dem weißen Tuch schweres Silbergeschirr, Gläser, eine mattweiße Kerze. Hinter mir wurde der Stuhl herangeschoben, und staunend kam ich in meiner Abendgarderobe auf weichem Polster zu sitzen.
So ein schönes Restaurant hab ich noch nie gesehen, sagte ich.
Der Mann setzte sich mir gegenüber. Die hellbraunen Augen schienen sich ins Dunkle zu verfärben, wie sie es in Momenten äußersten Wohlbehagens schon manchmal getan hatten.

Es freut mich, wenn es dir gefällt, sagte der Mann.
Bist du öfter hier?, sagte ich.
Ab und zu, sagte der Mann mit Zurückhaltung, gönne ich mir ein gutes Essen.
Allein?, sagte ich.
Bisher schon, sagte der Mann.
Ich sah in den tiefbraunen Schimmer seiner Augen.
So jemanden habe ich noch nie gekannt, sagte ich.
Du siehst bezaubernd aus, sagte der Mann.
Ich lächelte und spürte ein kleine Hitze auf den Wangen.
Danke, sagte ich.
Der Kellner servierte den Aperitif. Zum Wohl, raunte er und entschwebte. Wir stießen feierlich an. Es klang, als erwache ein Stern.

Auf die Prinzessin.
Auf den Diener.
Auf die Korrektorin.
Auf den Schriftsteller.
Auf die Verkäuferin.
Auf den Fernfahrer.

Ich wusste es, sagte der Mann, du machst dich brillant in diesem Bühnenbild.
Die Umgebung ist mir angemessen, sagte ich fröhlich.
Sie gebührt dir, sagte der Mann.
Was sind das für Leute, die hier verkehren?, sagte ich.
Die Berliner Schickeria, sagte der Mann.
Kennst du dich aus mit denen?, sagte ich.
Der da drüben zum Beispiel ist der zukünftige Chefdirigent des Konzerthauses, sagte der Mann, ein Amerikaner.

Ich folgte dem Blick des Mannes und sah einen dynamisch wirkenden Herrn mit Wuschelhaaren und Fliege. Er redete angeregt mit der blonden Überdekolletierten, die mir bekannt vorkam. Sie wedelte mit den beringten Fingern und lachte exaltiert.
Ach, sagte ich, jetzt weiß ich, wer die Frau ist.
Die kenne ich nicht, sagte der Mann.
Diese Gefühlsnudel aus dem Fernsehen, sagte ich, die moderiert eine Vermisstensendung, bei der sehr viel geweint wird.
Der Mann sah mich ratlos an.
Sie singt auch, Chansons, Operettenmedleys, ungarische Volkslieder, sagte ich, und macht Werbung für Waschmittel.
Der Kellner eilte herbei und reichte die Speisekarten. Der Mann schlug die Karte auf und schaute auf die feine Schrift. Er wählte für uns beide. Ich betrachtete den fürstlichen Saal. Alles hier perlte: das Geplauder der Gäste, die Klänge aus dem Flügel, der Wein in den Gläsern, das Wachs der Kerzen. Ingeborg hatte mich perfekt angezogen. Ich fühlte mich wohl. Unwillkürlich senkte ich die Stimme, saß sehr aufrecht, mäßigte meine Bewegungen. In der Nähe des Flügels fiel mir ein uralter Mann mit wachen Augen auf, bestimmt neunzig Jahre alt, das zerfurchte Gesicht eine Einladung, darin zu lesen. Er speiste mit einer sehr jungen Frau. Seine Urenkelin? Seine Schülerin? Oder etwa die Geliebte?
Den müsstest du kennen, sagte der Mann und legte die Karte beiseite.
Den Greis?, sagte ich.
Der ist ein verdienstvoller Professor für Kinderheilkunde, früher eine Kapazität, sagte der Mann. Nein,

ich meine den Kerl mit der Glatze, zwei Tische weiter.
Er wies auf einen jungen Mann mit kahl rasiertem Charakterschädel und Rollkragen.
Keine Ahnung, sagte ich, ich tippe auf einen weltberühmten Friseur.
Der ist von der Zeitung, sagte der Mann, schreibt seit ein paar Monaten über alles, was Rang und Namen hat.
Die Edelfeder?, sagte ich erschrocken.
Kirbach mag den Kerl nicht, sagte der Mann.
Sein Hassobjekt, sagte ich.
Der Kellner nahm die Bestellung auf. Ich betrachtete aus dem Augenwinkel die Edelfeder, die mit zwei gut aussehenden Damen am Tisch saß, beide deutlich älter. Die Edelfeder führte das Wort. Die Glatze glänzte. Das Gesicht offen und lebendig, frönte der Kerl seiner Lust an der Darstellung. Er schien irgendwen nachzuahmen. Die Damen amüsierten sich bestens. Der Kellner entfernte sich.
Den hab ich mir ganz anders vorgestellt, sagte ich.
Schreibt nicht mal schlecht, sagte der Mann, besser als Kirbach.
Liest du Michas Artikel doch?, sagte ich.
Wieder, sagte der Mann, seit ich dich kenne.
Hast du den über die »Pionierin der Nacht« gelesen?, sagte ich.
Klar, sagte der Mann.
Spott huschte um den linken Mundwinkel. Wenn der Mann sich etwas verkniff, spitzte er ganz leicht die Lippen. Er überlegte, wie er sich äußern konnte, ohne an Stil einzubüßen.
Der Text war in sich schlüssig, sagte er.
Ich biss mir schuldbewusst auf die Unterlippe.

So kann man es sehen, sagte ich, ein eindeutiger Verriss.
Den ich mit größtem Vergnügen gelesen habe, sagte der Mann, schließlich habe ich erfahren, dass Kirbach nichts über seine eigene Frau weiß.
Der Kellner brachte einen Krug Wasser und eine Flasche Rotwein, die er vor unseren Augen öffnete. In Ruhe probierte der Mann, der Kellner schenkte uns ein. Wir stießen an.
Auf die Pionierin der Nacht, sagte ich.
Auf die Pionierin der Nacht, sagte der Mann.
Du hättest mich um Erlaubnis fragen können, sagte ich, ob du mein Leben verbraten darfst.
Wie denn?, sagte der Mann, du hast dich doch vor mir versteckt.
Das stimmt, sagte ich, ich hätte es auch nicht erlaubt.
Wenn man immer alle um Erlaubnis bitten müsste, sagte der Mann, würde nicht mehr viel geschrieben werden auf der Welt.
Ich erlaube dir alles, sagte ich und ließ den Blick durch das Restaurant schweifen, ich bin mit allem einverstanden.
Schmeckt dir der Wein?, sagte der Mann.
Ich gab ein genießerisches Knurren von mir.
Woher weißt du, was mir schmeckt?, sagte ich.
Ich weiß es nicht, aber ich habe es gehofft, sagte der Mann.
Und der Volvo?, sagte ich. Und der Chauffeur?
Kleines Geheimnis, sagte der Mann.
Der Kellner servierte die Vorspeisen. Für die Dame gebackene Jakobsmuscheln im Speckmantel, sagte er, für den Herrn Blutwurst mit Schalotten-Quitten-Konfitüre. Hungrig begannen wir zu essen. Mit Gaumen

und Augen erforschte ich die Delikatesse. Es schmeckte phantastisch. Die Augen des Mannes schienen fast schwarz zu sein.

Erzähl mir wieder von früher, schöner Mann, von deinem Leben, von deinen Frauen.
Sieben Stücke, drei Romane, zwei Ehen.
Klingt überschaubar.
Bis auf die Ehen – ja. Mit der ersten Frau hätte es klappen können.
Dorothea.
Ja. Dorothea.
Aber dann ist sie gestorben, aus heiterem Himmel. Woran?
Mit dreißig. Nicht aus heiterem Himmel. Eine heimtückische Krankheit. Heute könnte ihr geholfen werden.
Damals nicht?
Damals war nichts zu machen. Sie hat sich vier Jahre lang gequält.
Warst du bei ihr?
Die ganze Zeit.
Bis zum Schluss?
Bis zum Schluss. Die Toten altern nicht. Wenn ich an sie denke, ist sie noch immer dreißig. Ich sehe ihr junges Gesicht vor mir, bin aber selbst schon ein alter Mann.
Was war sie von Beruf?
Schauspielerin.
Nein.
Doch. Ich habe wegen Dorothea zu schreiben begonnen. Ich habe ein Stück für sie geschrieben. War ein ziemlicher Erfolg. Sie hatte eine tolle Ausstrahlung.

Rein wie ein weißes Laken. Deine Wangen ähneln ihren.
Schreibst du ihretwegen über Abschiede?
Ich versuche es.
Dein letztes Stück handelt von einem glücklichen Anfang.
Siehst du, und nur Verrisse.
Du gefällst mir sehr.
Dieses Kleid steht dir ausgezeichnet.

Der Kellner räumte ab. Der Mann flüsterte ihm etwas zu. Er schwebte davon, beinahe unsichtbar.
Ja sieh an, wer da kommt!, sagte ich und wies zur hölzernen Flügeltür, der smarte Typ hat mich eine Zeit lang Abend für Abend zu Hause besucht.
Der eitle Macho, umringt von blutjungen Schönlingen in Lederklamotten, bahnte sich seinen Weg durch das Restaurant. Er war viel kleiner und viel dünner als im Glaskasten. Das hautenge Polohemd betonte seine Schmächtigkeit. Die Gesichtsbräune sah möhrchengelb aus. Mit seinen Freunden enterte der schmale Star einen großen Tisch. Der Mann sah mich skeptisch an. Mir fiel ein, dass er keinen Fernseher besaß.
Das ist der eitle Macho, flüsterte ich.
Wer?, flüsterte der Mann.
Der spielt in der Serie mit, flüsterte ich, ein Womanizer ersten Ranges.
Wo deine Freundin die Flamenco-Lehrerin ist?, sagte der Mann.
Ja, kicherte ich, sie ist schon siebzehnmal mit ihm fremdgegangen.
Der ist doch schwul bis in den letzten Zipfel, sagte der Mann.

Du hast recht, sagte ich perplex, wenn die Fans das merken, sinkt die Quote rapide.
Dann ist er hier sicher, sagte der Mann, in dieses Lokal verirrt sich kein Fan.
Der Kellner erschien mit einem Küchenjungen. Beide stellten sich feierlich an unserem Tisch auf. Sie trugen große, von Hauben geschützte Teller. Der Kellner servierte mir, lüftete das Geheimnis unter der silbernen Haube und stand einen Moment andächtig vor dem kulinarischen Kunstwerk. Für die Dame Perlhuhn à la princesse mit Périgord-Trüffeln, raunte er. Ich musste lachen. Wenn ich mir die Bemerkung erlauben darf, fügte er hinzu, eine ausgezeichnete Wahl. Ich bin sehr, sehr gespannt, raunte ich zurück. Der Küchenjunge reichte dem Kellner den zweiten Teller. Der Kellner wieselte um den Tisch und entfernte schwungvoll die Haube. Für den Herrn geschmorte Rinderbäckchen mit marmoriertem Kartoffelpüree und Wurzelgemüse, sagte der Kellner. Der Küchenjunge lächelte vielsagend. Der Kellner schenkte uns Rotwein nach. Wünsche wohl zu speisen, sagte er. Der Kellner und der Küchenjunge verneigten sich und schwirrten davon. Ich strahlte den Mann an. Der Mann strahlte mich an.
Während wir aßen, erzählte ich ihm, dass Tina nicht immer Serienschauspielerin gewesen war und wir uns schon seit zwanzig Jahren kannten. Ich sprach von den Spickzetteln, die wir in der Schule getauscht hatten, von den Wochenenden, an denen wir durch Berlin gestreift, und von den Sommern, in denen wir bis nach Bulgarien getrampt waren. Ich erzählte von meiner Begeisterung fürs Theater, und wie ich Tina damit angesteckt hatte. Ich sprach von unserer gemeinsa-

men Zeit in Rostock, von der überarbeiteten Dramaturgin, die ich einmal gewesen war, von den Schulklassen, den betrunkenen Regisseuren, den Lebkuchenmännern und davon, wie der Theatertraum nach ein paar Spielzeiten zerplatzt war. Ich schilderte dem Mann das tolle Paar, als das Tina und Peter auf der Bühne wie im Leben gegolten hatten. Ich erzählte von dem jungen, gesunden, zielstrebigen Volontär, der eines Tages aufgekreuzt war, von den Ausflügen ans Meer, den Restaurantbesuchen, von den guten Jahren mit Micha, als er mir Kraft gegeben und mich aus den Theaterkatakomben befreit hatte. Ich fragte mich, wann die Entfremdung zu ihm wohl eingesetzt hatte. Seit Paulas Geburt? Vielleicht bereits davor? Und schwelte nicht auch zwischen Tina und mir schon seit unseren Tramptouren Ende der achtziger Jahre etwas, das uns trennte? Heute war es mit Händen zu greifen, doch hatte es nicht längst existiert, ohne dass wir es bemerkt hatten? Es fängt alles immer viel früher an, als es zutage tritt, sagte der Mann. Ich erzählte von den Arbeitseinsätzen im Neubaugebiet, von den flatternden Fahnen am Tag der Republik, vom Duft des Herbstes, von der Eierpampe und dem störrischen Wurzelgeflecht, von den niedlichen Säulenpappeln, die mein Vater und die starken Männer gepflanzt hatten und die inzwischen bestimmt bis zur achten Etage reichten, von der Goldenen Hausnummer, die heute zum schlappen Witz verkommen war. Vor einem Vierteljahrhundert jedoch hatte sie mich wirklich mit Stolz erfüllt. Ich redete, als bräche ein Damm, von Katinka, der wilden Tanzmaus, der fleißigen Ameise, kam vom Hundertsten ins Tausendste, sprach vom Armeetrainingsanzug, vom Fahnenhalter auf dem Bal-

kon, von der zukünftigen Tierärztin mit lauter Kindern und Kindeskindern. Als öffne sich eine Schleuse, strömten die Sätze ohne Punkt und Komma aus mir heraus, und ich merkte, dass ich über ein ganzes Reservoir an Geschichten verfügte, groß und unübersichtlich wie ein Theaterfundus, in dem dicht an dicht die Kostüme hingen, Kleider, Hüte, Schuhe sich häuften, Hasenohren, Pappköpfe, Drachenschwänze sich drängten, in dem ich schlendern, stöbern, mich verlieren konnte, verweilen, abkürzen, mich ausschmücken, und dass ich diesen meinen Fundus in all den Jahren neben Micha nie mehr betreten hatte. Ich wusste nicht, wann der Kellner die Teller abgeräumt und ob ich mich für das vorzügliche Essen bedankt hatte. Ich konnte mich nicht entsinnen, wie die zweite Flasche Wein auf den Tisch gelangt war. Ich wusste nur dies: Der Mann schenkte mir seine ganze Aufmerksamkeit, seine Blicke feuerten mich an, mit mir zusammen wühlte er im Fundus meiner Rollen. Er wollte alles von mir wissen, alles.
Ich nahm einen großen Schluck Wein. Die Augen des Mannes schienen zu glühen.

Es ist seltsam, dass Dorothea in deiner Erinnerung auf immer jung bleibt.
Ich habe kein anderes Bild von ihr zur Verfügung. Ich kann es höchstens phantasieren.
Wie alt wäre sie heute?
Zweiundfünfzig.
Ich habe auch einen Toten im Gepäck.
Einen jungen?
Nein, er war zweiundsechzig, als er starb. Insofern ist er der bessere Tote. Für die Erinnerung.

Ich beschrieb Karls derbe Proletenhände, seine dunklen Augen, die manchmal wie im Fieber glänzten, die Wucht auf der Bühne. Das schutzlose Kind, das Karl sein konnte, das Ungetüm, das einen ganzen Zuschauerraum zusammenbrüllte. Den Fels, der am Kantinentisch hockte. Es fiel mir schwer, über Karl zu sprechen. Ich kam mir hilflos vor. Mit Worten bekam ich nicht zu fassen, was ich ausdrücken wollte. Zu tief hatte ich Karl in mir begraben. Der Mann ließ mich nicht aus den Augen. Ich sprach von Karls Suff und vom Abschied. Wie Karl mich nach Rostock ans Theater verfrachtet hatte. Was sein letzter Satz gewesen war. Dass er mich einfach hatte ziehen lassen. Nein, dass er mich regelrecht weggeschickt hatte. Dass er gewusst haben musste, wie es um ihn stand. Ich zählte die schrecklichen Gerüchte über ihn auf, die mich erreicht hatten. Ich sagte, dass ich von seinem Tod aus der Zeitung erfahren hatte. In einer Pappschachtel bewahrte ich ein paar Fotos von Karl auf. Letzte Woche hatte ich gewagt, sie anzuschauen: Karl als alter Moor, Karl als Prospero, Karl, wie er bei einem Dada-Abend Luftkontrabass spielt. Karl und ich an Silvester in Amsterdam, Karl unter portugiesischen Pinien, Karl, der mit ausgebreiteten Armen am Strand hüpft, bereit zum Abflug. Karl nackt in meinem Bett, den Blick auf mich gerichtet, gierig und sanft. Der Mann schaute mich an, und für einen Moment schien er Karls Augen zu haben.

Du sprichst sehr schön von ihm.
Vielleicht verkläre ich ihn in der Erinnerung.
Nein.
Vielleicht war ich einfach nur jung und fand alles großartig, weil es zum ersten Mal geschah.

Das glaube ich nicht. Kreuschler war ein guter Schauspieler.
Wieso kennst du seinen Namen?
Wir sind uns begegnet.
Wo. Wann. Wie.
Er hat in einem Stück von mir mitgespielt. In Karl-Marx-Stadt. Wir haben uns gut verstanden. Viel gestritten, viel gesoffen, viel gelacht. Kreuschler hat was riskiert. Als es Ärger mit der Bezirksleitung gab, hat er zu mir gehalten.
Das kann kein Zufall sein. Was hat er denn gespielt?
Die Hauptrolle. Einen Ingenieur. Das Stück war, von heute aus gesehen, ziemlicher Mist. Aber damals ein Renner. Die Leute sind zum Klofenster ins Theater eingestiegen, um die Inszenierung zu sehen.
War Karl gut?
Kreuschler hat das Ding gerettet.
Spielt die Geschichte in einem Stahlwerk?
Genau.
Wo diese Gluthitze herrscht?
Richtig.
Und du bist der Autor?
Ja.
Ich fasse es nicht. Wann war das?
Dreiundachtzig, glaube ich.
Da war ich erst dreizehn.
Du warst zu jung.
Du. Du warst zu jung. Damals hätte ich dich nicht gewollt.
Kreuschler war zehn Jahre älter.
Achtundvierzig, als ich ihn kennen lernte.
Müssen deine Männer alt und grau sein.
Ich fürchte, ja.

Die Edelfeder stand auf und schlenderte zum Tisch des greisen Professors für Kinderheilkunde und der sehr jungen Frau. Angeregt unterhielten sich die drei. Der eitle Macho saß bester Laune zwischen seinen Schönlingen. Der Kellner schenkte uns nach und huschte davon. Ich spürte durch das Kleid den Stuhl, auf dem ich saß. Der Wein machte mich halb sentimental, halb lüstern. Ich zog unter dem Tisch einen Pump aus und tastete mich mit dem bestrumpften Fuß am Schienbein des Mannes hinauf. Der Mann zuckte kurz, sah sich unauffällig um und ließ sich nichts anmerken. Oberhalb des Tisches bewahrte ich die Contenance und lächelte den Mann vornehm an. Der Pianist spielte etwas, das mich traf und unruhig machte. Der Fuß schlüpfte zurück in den Schuh. Die Töne sickerten träge aus dem schwarzen Flügel. Was war das für ein Lied? Ich fing an zu weinen. Es war »Je t'aime«. Heftig brach es hervor. Ich war erschöpft und aufgekratzt. Der Mann streichelte mit der Außenseite zweier Finger meine Wange. Kein Grund zu weinen, sagte er.

Ich bin vom Weg abgekommen.
Ich auch.
Seit ich Karl verlassen habe, bin ich in eine Sackgasse gewatschelt.
Nach Dorotheas Tod habe ich zwanzig Jahre lang niemanden gesucht.
Du hast wieder geheiratet.
Eine Vernunftehe.
Warum passiert einem so was?
Keine Kraft, kein Mut, keine Ahnung.
Jetzt habe ich auf den Weg zurückgefunden.

Ich auch.
Seit ich in die Perle kam.
Ich hab vom ersten Moment an gerochen, dass es mit uns hinhauen könnte.
Aber ich habe mich mit Händen und Füßen gewehrt.
Du hast Paula.
Ich habe Angst um Paula.
Hab keine Angst. Ein Kind verpflichtet dich nicht, das falsche Leben zu führen.
Ich werde ausziehen. Mit Paula. Mir ist schlecht vor Angst.
Einmal hab ich sie schon gesehen.
Auf dem Spielplatz.
Von weitem.
Du standest hinter der Pappel.

Der Kellner, als er dem Mann die Dessertkarte reichte, übersah taktvoll mein verheultes Gesicht. Crème brulée von Tonkabohnen für die Dame, sagte der Mann, und für mich etwas Käse. Der Mann fragte den Kellner, was der Pianist gern trinke. Bringen Sie ihm ein Glas, sagte der Mann. Der Kellner verneigte sich und schwebte davon.
Siebenmillionensiebenhundertsiebenundsiebzigtausendsiebenhundertsiebenundsiebzig, sagte der Mann.
Was?, sagte ich.
Striche, Euer Durchlaucht, sagte der Mann und machte das Dienergesicht, in dem ein bescheidener Stolz sich ausbreitete. Alle persönlich und von Hand gezählt, fügte er hinzu.
Ich stürzte vom Heulen ins Lachen. Ich trank vom Wein. Ich schloss die Augen. Der Abend sollte niemals enden.

War Kirbach bei Paulas Geburt dabei?
Natürlich.
Das hat er mir voraus.
Seit sechs Jahren ruht er sich darauf aus. Das war sie bereits, Michas Lebensleistung. Wir sind zwei Mütter. Sonst säße ich jetzt nicht hier.

Der Mann blickte zum Pianisten, der in der Ferne ein Glas Whisky in die Höhe hielt. Der Mann prostete dem Pianisten zu. Es geschah langsam und in Würde. Auch ich erhob mein Glas und nickte hinüber. Wir lächelten alle drei.

Entweder waren die Männer noch nie im Kreißsaal oder noch nie im Puff.
Wie geht es zu im Puff?
Heiter. Unkompliziert. Die Nutten sitzen an der Bar wie Königinnen. Zuerst spendierst du Sekt und plauderst.
Und dann suchst du dir eine aus? Sie nimmt dich mit in ein Zimmer? Hattest du immer dieselbe?
Ja. Von einer guten Hure kannst du viel lernen. Sie sieht dich an, sieht den Ring an deiner Hand. Oder sie sieht die blasse, leicht eingedrückte Stelle am Finger, von der du den Ring vorher abgezogen hast. Sie spielt mit dir. Sie nimmt dir die Scham. Sie weiß, was los ist. Du bezahlst. Also hast du ein Recht auf die Erfüllung deiner Wünsche. Du bist ein anderer.
Sie fragt, was du dir wünschst? Du sagst es frei heraus?
Sie zeigt dir Dinge, von denen du nicht mehr wusstest, dass du sie dir wünschst.
Sie sorgt dafür, dass du wiederkommst.

Du bist mit deinen Wünschen in die Perle gekommen.
Ich musste pinkeln. Und ich habe mich treiben lassen.
Deine Begierden haben dich getrieben. Du hast es zugelassen.
Ohne dass ich davon wusste.
Kairos nennt das der Grieche.

Der Kellner kredenzte mir die Crème brulée und fuhr einen Wagen heran, auf dem unter einer Glocke große Stücke Käse lagerten. Der Mann wählte einige Sorten, bekam sie in kleinen Portionen auf einem Teller angerichtet. Beflissen rollte der Kellner den Wagen davon. Während ich die Nachspeise bald verschlungen hatte, aß der Mann mit Bedacht. Ich sah den vor Wonne demütigen Blick. Ich sah den hellgrauen, akkurat gestutzten Bart. Dicht unter dem Mund, in der Mulde über dem Kinn, gab es ein dreieckiges Spezialbärtchen, das sich mit den Bewegungen der Lippen senkte, hob, spreizte. Rechts und links davon lagen zwei winzige freie Stellen. Dort war, inmitten des störrischen Wuchses, die Haut sehr weich. Ich sah die Hörgeräte, den weißen Hemdkragen, die einzelnen grauen Härchen. Ich berührte die Hand, die ein Stück Brot hielt.
Ich stelle mir schon den ganzen Abend vor, was du drunter trägst, sagte der Mann.
Dies und das, sagte ich und verschränkte züchtig die Hände auf dem Tisch.
Die Lippen des Mannes spitzten sich ganz leicht. Hinter der Stirn arbeitete es. Ich half ihm.

Sag es mir. Sag mir, was du dir von mir wünschst.
Dies und das.
Nenne einen Wunsch.

Dass du dich auf mein Gesicht setzt.
Das hältst du nicht durch.
Wir vereinbaren ein Zeichen für Stopp.
Du kannst mich in die Wade kneifen.
Wenn du wüsstest, wie schön du bist.
Und du. So struppig um die Schnauze.

Ich trank. Ich schaute den Mann an. Ich wackelte unter dem Tisch mit den Zehen, die vorhin am Schienbein des Mannes emporgekrabbelt waren. Der Mann zögerte. Er suchte nach Worten.

Manchmal schäme ich mich vor dir. Für meine Hörgeräte, für meine Gebrechen, für das Wrack, das ich bin. Aber ich habe keine Zeit mehr zum Lügen. Ich habe mir geschworen, mich dir zuzumuten. Ich musste über fünfzig werden, bis ich es kapiert habe.
Ich muss dir etwas gestehen. Wenn ich im Traum an dich denke, mache ich dich noch ein bisschen älter. So zwanzig, dreißig Jahre. Es erregt mich.

Der schwarze Blick nahm mich in die Mangel. Ich atmete tief und langsam. Ich wusste nicht, was ich am meisten wollte: ewig mit dem Mann hier sitzen, trinken, sprechen oder sofort mit ihm verschwinden, um ihn zu verschlingen. Ich würde ihn strengstens bestrafen müssen für seine Besuche bei der Hure und ihm diese Flausen endgültig austreiben. Ich schaute. Der Mann schaute.

Ich muss dir auch etwas gestehen. Wenn ich von dir träume, mache ich deinen Po noch ein bisschen dicker. So zwanzig, dreißig Zentimeter.

Auf die Bauarbeiterpfoten.
Auf den schönsten Arsch der Welt.
Du bist meine Rettung.
Du bist die meine.

Wir tranken den Wein aus. Der Mann orderte zwei Cognac und die Rechnung. Der Kellner brachte ein Ledermäppchen. Der Mann legte eine Karte hinein. Als der Kellner zurückkehrte, unterschrieb der Mann und legte drei Zehn-Euro-Scheine bei. Sie können den Wagen rufen, sagte der Mann. Der Kellner verneigte sich. Wir stießen an. Ich blickte in den gewölbten Himmel, sah die tiefroten Samtvorhänge an den Bogenfenstern, die ovalen Spiegel an den kalkweißen Wänden. Als wir den Tisch verließen, spürte ich unter dem Kleid die Corsage und die Strumpfbänder. Ich war ein Geschenk zum Auswickeln. Ich konzentrierte mich auf die Schritte in den Pumps. Kein Ausrutscher jetzt. Ein Abgang mit Grandezza. Hinter mir klopfte der Stock auf Parkett. Der Kellner half uns in die Mäntel und verabschiedete uns in aller Form. Wir stiegen die Stufen der geschwungenen Steintreppe hinab. Ich blieb stehen. Ich griff in den Bart des Mannes und drehte das Kinn zu mir. Brauchst du den Stock oder brauchst du ihn nicht?, sagte ich. Wer weiß, sagte der Mann. Er packte mich am Gelenk und stopfte für den kurzen Weg meine Hand zusammen mit seiner in die Manteltasche. Unten stand der Volvo. Der Motor lief. Der Chauffeur, erfreut, mich wiederzusehen, schlug die Tür hinter mir zu. Der Mann stieg neben mir ein. Er legte den Stock zwischen uns auf das lederne Polster. Die Reifen knirschten über Kies. Wohin geht's denn, lieber Herr Chauffeur?, sagte ich.

Im Rückspiegel sah ich den Augen des Chauffeurs an, dass er schmunzelte. Du hast ja einen Schwips, sagte der Mann lachend. Nö!, sagte ich. Nach Hellersdorf, sagte er und klatschte mir eine Pfote auf den Oberschenkel, ab ins Lotterbett!

*

An einem Freitag lag ich mit Paula im Kinderzimmer auf dem Teppich und sang Weihnachtslieder. Wir mussten ein Liederbuch zu Hilfe nehmen, weil ich die Texte nicht kannte. Manche Lieder, die Paula in der Schule lernte, sangen wir zusammen. Andere sang ich allein, und Paula lauschte andächtig. Wir betrachteten die Illustrationen und versuchten, die Geschichten zu verstehen. Weihnachten war die Zeit, in der ich bedauerte, nie Religionsunterricht erhalten zu haben. Gegen sechs kam Micha aus der Redaktion.

Ich muss gleich wieder weg, sagte er.

Du hast doch heute frei, sagte ich.

Er müsse zu einer Premiere, die eigentlich die Edelfeder für sich reserviert habe. Die Edelfeder sei überraschend nach Kuba geflogen. Er, Micha, müsse einspringen, eine Chance, die er nicht ungenutzt lassen dürfe.

Kein Problem, sagte ich, viel Vergnügen im Theater.

Micha kauerte sich nieder und küsste Paula. Dann ging er in die Küche. Ich hatte vor geraumer Zeit jedwede Berührung mit Micha abgeschafft. Seither wandten wir uns ausschließlich Paula zu und vermieden den Körperkontakt miteinander. Das strengte uns an und machte Situationen wie diese unnatürlich und steif. Ohne es benennen zu können, spürte Paula, wie

penibel wir Abstand hielten und voreinander auf der Hut waren. Als noch grausamer empfand ich jedoch die Vorstellung, Paula zuliebe Küsschen zu tauschen, als sei alles in Butter. Tschüss!, rief Micha. Tschüss!, riefen Paula und ich. Die Tür fiel ins Schloss.
Ich ging mit Paula in die Küche, schmierte uns Stullen und schälte Mandarinen. Wir stärkten uns.
Weißt du was, sagte ich, wir beide stürzen uns jetzt in ein kleines Abenteuer.
Paula war sofort Feuer und Flamme.
Was für ein Abenteuer?, rief sie.
Das wirst du schon sehen, sagte ich.
Wir zogen uns an. Sicherheitshalber steckte ich eine Flasche Wasser und eine Tafel Schokolade ein. Wir marschierten durch die Dunkelheit. Paula an meiner Hand hüpfte im Nieselregen. Wind kam auf. Laub fegte über das Pflaster. Wir trafen auf verwahrloste Hundebesitzer, die in der Kälte standen. Weder sie noch ihre Tiere bewegten sich. Wir mussten sie umschiffen, um vorwärts zu kommen. Paula hielt es kaum aus vor Neugier. Ich tat geheimnisvoll und ließ sie zappeln. Wir stiegen in die Linie sechs, froh über das trockene und beheizte Gehäuse.
Wo fahren wir denn hin?, fragte Paula. In den Tierpark? Ins Kino? An die Ostsee?
Der Fahrer vollführte regelmäßig Vollbremsungen. Eine Bierflasche rollte über den grauen, klebrigen Boden. Paula verfolgte ihren Weg. An den Haltestellen stieg niemand ein. Die Türen blieben geschlossen. Bei Abfahrt beschleunigte die Straßenbahn, als sei sie auf Verfolgungsjagd. Paula lachte und ließ sich hin und her werfen. Ich knuddelte sie in ihrem dicken Mäntelchen. Die Bahn rauschte mit uns durch die leergefegte, düs-

tere Stadt. Schräg peitschte der Regen an die zerkratzten Scheiben. Paula malte von innen mit dem Finger die vom Fahrtwind verzerrten Striche nach. Der Regen verlieh dem Asphalt einen kohlrabenschwarzen Glanz. Brachland, Gestrüpp, Bauzäune sausten vorüber, Tankstellen, Autohäuser, Supermärkte.
Das ist alles Berlin, sagte ich.
So groß, sagte Paula.
Minibäume reihten sich in Stützkonstruktionen, klatschnasse Fahnen wehten an Stahlmasten. Die Häuser wurden höher, die Fenster quadratischer, die Lichter trostloser. Ich zeigte Paula die Silhouetten der Neubaublocks, die die Strecke in allen Varianten säumten. Im Nebel waren sie nur zu erahnen.
Die gucken uns an, flüsterte ich, Betonriesen mit viereckigen Lichtaugen.
Ganz schön gruselig, flüsterte Paula.
Man kommt sich vor wie ein Zwerg, flüsterte ich.
Wir sind doch Zwerge, flüsterte Paula.
Sie schaute unter ihren Locken hinauf in den schwarzen Himmel. Sie kaute angestrengt auf der Unterlippe herum.
Da ganz oben, sagte sie, da will ich wohnen.
Von da oben sieht die Stadt toll aus, sagte ich, alles glitzert, und man sieht den Fernsehturm.
Warst du da schon mal?, sagte Paula, ganz oben?
Ja, sagte ich, da war ich schon mal.
Unsere Mäntel trockneten von der Wärme der Heizkörper, aus denen es leicht verschmort roch. Unsere Schuhe sahen dreckig aus. Paula betrachtete die protzigen Werbeplakate in den Wartehäuschen. Eine Polizeistreife überholte uns. Als die Bahn in die Schleife fuhr, sprach ich die Worte der Frauenstimme mit: Rie-

saer Straße, Endhaltestelle, bitte aussteigen! Paula staunte. Ich grinste. Alle Türen öffneten sich. Wir schlugen die Kapuzen über die Köpfe und liefen an den stachligen Büschen entlang.
Was ist das?, sagte Paula.
Sie zeigte auf die Konstruktion aus Rohren.
Ich weiß es nicht, sagte ich.
Wir hörten ein Baby schreien. Vor dem grünen Schild mit der goldenen Schrift blieben wir stehen. Paula las: Hel-lers-dor-fer-Per-le.
Gut!, sagte ich.
Besuchen wir eine Perle?, sagte sie.
Wenn's dir nicht gefällt, sagte ich, gehen wir einfach wieder.
Wir umrundeten den Bau und erklommen die Rampe. Paula schlich auf Zehenspitzen wie eine kleine Detektivin. Ich drückte die kalte Aluminiumklinke herunter.
Der Mann saß schon da. Als er uns sah, streifte ein Leuchten seine Züge.
Wer kommt denn da!, rief Ingeborg.
Sie eilte hinter dem Tresen hervor und auf Paula zu. Die Beinlosen schauten vom Skatblatt auf und winkten mit den freien Händen. Ich winkte zurück. Paula winkte auch zurück und ließ sich von Ingeborg aus dem Mantel helfen.
Ich freue mich so, dass du mich besuchst, sagte Ingeborg, du bist also die Paula.
Paula nickte kokett und schämte sich ein bisschen.
Der erste Kneipenbesuch ihres Lebens, sagte ich.
Na, dann pass mal auf, sagte Ingeborg, machte auf ihren Storchenbeinen kehrt und griff Paulas Hand. Paula holte mit einem kurzen Seitenblick zu mir die

Erlaubnis ein, Ingeborg zu folgen. Sie schnappte Paula und hob sie auf einen der Barhocker.
Ich hab ja schon viel von dir gehört, sagte Ingeborg, stimmt es, dass du so gut im Kopfrechnen bist?
Und im Lesen bin ich auch gut, sagte Paula.
Ich setzte mich zwischen Paula und den Mann auf meinen Platz. Der Mann, als wolle er nicht stören, verhielt sich ganz still. Wachen Auges verfolgte er das Geschehen. Paula war noch zu kurz, um lässig am Tresen zu sitzen. Sie hielt sich mit beiden Händen an der Kante fest und reckte sich, weil sie sehen wollte, was Ingeborg dahinter machte.
Fräulein Paula, was darf ich Ihnen zu trinken anbieten?, sagte Ingeborg. Es gibt Fanta, Cola, Sprite, Apfelsaft, Orangensaft und Fassbrause.
Paula sah mich wieder an.
Was du willst, sagte ich.
Eine Cola bitte, sagte Paula, als würde sie Kaufmannsladen spielen.
Ingeborg stellte Salzstangen und Erdnussflips vor Paulas Nase. Sie servierte Paula eine große Cola, mir einen Sekt und dem Mann ein Bier. Sie brachte bunte Knickstrohhalme, ein mit Schlümpfen bedrucktes Glas und einen kleinen Plastikpapagei zum Vorschein und baute alles vor Paula auf. Paula stopfte die Erdnussflips in sich hinein, und als Ingeborg vorschlug, einen Wettbewerb im Kopfrechnen zu veranstalten, stimmte sie begeistert zu.
Ich stelle die Aufgaben, sagte ich.
Ingeborg, Paula und ich sahen den Mann an, der sich bisher wie ein Möbel benommen hatte. Jetzt schob er plötzlich die widerborstigen Brauen zusammen, setzte einen Elendsblick auf und krümmte sich dermaßen,

dass er langsam aber sicher hinter der Tresenkante verschwand. Paula kicherte. Sie verstand, dass der Mann Mathe gar nicht mochte, und witterte Gewinnchancen.
Du musst auch mitmachen!, sagte sie zum Mann.
Er wand sich, schüttelte den Kopf und stammelte, er sei in der Schule damals irgendwie nicht richtig da gewesen.
Papperlapapp!, rief ich, wie viel ist sechs plus sechs!
Zwölf!, riefen Paula und Ingeborg wie aus einem Munde.
Der Mann riss die Schultern hoch und kniff die Augen zusammen, als sei er von einem Eimer kalten Wassers überschüttet worden. Ingeborg und Paula grinsten ihn breit an. Der Mann kratzte sich verdruckst am Kopf. Sein Gesicht kräuselte sich vor Unbehagen. Dann nahm er unter dem Tresen die Finger zu Hilfe und zählte langsam von eins bis zehn.
Reicht nicht, sagte er kleinlaut.
Paula lachte sich kaputt.
Wie viel ist neun minus drei!, rief ich.
Sechs!, schrien Paula und Ingeborg.
Hilfe!, rief der Mann, rutschte rumpelnd vom Hocker, rappelte sich, kletterte wieder hinauf, hielt sich krampfhaft am Tresen fest.
Wenn ihr mich so erschreckt, kann ich nicht rechnen, winselte er.
Paula schlug sich vor Vergnügen auf die Schenkelchen.
Du musst dich mal anstrengen!, rief sie.
Drei plus vier!, rief ich.
Sieben!, schrien Paula und Ingeborg wieder zusammen.

Nein, bitte nicht sieben!, jammerte der Mann, bitte nicht! Sieben ist ganz schlimm!
Während Paula und Ingeborg eifrig meine Aufgaben lösten, fuchtelte der Mann mit den Pfoten, rümpfte die Nase, raufte sich die Haare, täuschte Bauchweh vor, verstrickte sich in Ausreden. Er bot eine fulminante Show aus Widerwillen, Missfallen und Abscheu und unterlag schließlich, das Kinn platt auf dem Tresen hingestreckt, im grausamen Gefecht gegen die Zahlen. Wir drei Frauen tauschten bestürzte Blicke. Es war uns recht peinlich, mit so einer Mathepfeife bekannt zu sein. Paula gewann den Hauptpreis, einen ganzen Euro, und Ingeborg den zweiten Preis, einen Eierlikör.
Mama, sagte Paula, warum haben die keine Beine?
Sie sah zu den Beinlosen, die die Vorführung des Mannes amüsiert verfolgt hatten.
Ich weiß es nicht, sagte ich.
Das finden wir zwei jetzt heraus, sagte Ingeborg voller Energie.
Sie stakste hinter dem Tresen hervor, hievte Paula vom Hocker, und Hand in Hand gingen die beiden zu den Beinlosen. Unterwegs sagten sie der Omi guten Tag.
Deine Tochter ist super, flüsterte der Mann.
Kleine Organisationspanne, flüsterte ich, Micha musste plötzlich ins Theater.
Und du bist trotzdem gekommen, flüsterte der Mann, mit Paula.
Ewig können wir nicht bleiben, flüsterte ich.
Der Mann vergewisserte sich, dass Paula nicht schaute, und tastete verstohlen nach meinem Hintern.
Pfoten weg, kicherte ich, ich bin Mutter!
Ingeborg und Paula, als sie zurückkehrten, wollten

partout nicht verraten, was sie von den Beinlosen erfahren hatten. Wie zwei Komplizinnen hüllten sie sich in bedeutendes Schweigen. Paula schielte schon ein wenig vor Müdigkeit.
Wir müssen leider gehen, sagte ich, es ist schon halb neun.
Ich will noch nicht gehen!, schrie Paula, und da sie wusste, dass ich rigoros sein konnte, wenn es ums Bestimmen ging, schossen ihr die Wuttränen in die Augen. Mit der Erschöpfung sank die Frustrationsgrenze. Ich wollte nicht, dass der Abend im Streit endete.
Kein Grund zu weinen, sagte der Mann, ich lade euch jetzt auf eine letzte Runde ein, und dann könnt ihr in aller Ruhe nach Hause fahren.
Paula betrachtete den Mann, der ihr mit einem Taschentuch ein bisschen unbeholfen die Tränen von den Wangen tupfte, und stellte verblüfft fest, dass im Leben manchmal von ungeahnter Seite Hilfe nahte. Sie schaute mich hoffnungsvoll an.
Na gut, sagte ich, wir können ja morgen ausschlafen.
Ausnahme, sagte Paula zufrieden.
Ausnahme, sagte ich.
Ingeborg füllte die Schale mit Erdnussflips nach, servierte uns Cola, Bier und Sekt und genehmigte sich ein weiteres Gläschen Eierlikör. Paula, vom Zucker ins letzte Leistungshoch des Tages getrieben, vertiefte sich mit dem Mann und Ingeborg in ein Fachgespräch über Tiere. Es ging um Schweine, Schlangen, Esel. Ingeborg erzählte, dass sie seit Kindertagen Papageien liebte. Paula sagte, sie könne sich nie entscheiden, ob sie Pferde oder Katzen oder Hunde am meisten mochte. Auch Eisbären und Tiger seien toll. Der

Mann fragte Paula konspirativ, ob sie wisse, warum die Katze mit der Maus spielt, bevor sie sie frisst. Zu viert steckten wir die Köpfe zusammen. Paula hing an den Lippen des Mannes und lauschte gebannt auf des Rätsels Lösung. Ingeborg und mich schauderte es. Der Mann arbeitete mit großer Sorgfalt an einer guten Geschichte für meine Tochter. Ich brannte mir das Bild ins Hirn.

Er half Paula und mir in die Mäntel, während Ingeborg ein Taxi bestellte.

Wenn du wiederkommst, sagte Ingeborg, darfst du mir beim Servieren helfen.

Der Mann begleitete uns hinaus.

Kommt gut nach Hause, Prinzessinnen, sagte er und streichelte unsere Wangen.

Wir nickten vornehm. So etwas hörten wir ausgesprochen gern. Er hielt uns die Taxitür auf. Lange stand er am Rand der schwarzen Asphaltpiste und winkte uns nach. Paula, todmüde und selig, schlief auf dem Rücksitz des Taxis in meinem Arm ein.

*

In den letzten Wochen des Jahres drängten sich die Termine. Ich half im Hort beim Plätzchenbacken, stand zum Weihnachtsbasar in der Schule und verkaufte mit anderen Müttern selbstgebastelte Weihnachtsgestecke an wieder andere Mütter, schaute in der Aula dem Weihnachtsprogramm zu, in dem Paula mit Tamburin, Pappflügeln und Goldhaarperücke einen von fünfundzwanzig Engeln spielte. Das Textbüro deckte mich mit Arbeit ein. Ich brütete über einer sechshundertseitigen Übersetzung aus dem Russischen. Abgabetermin war der dreiundzwanzigste Dezember. Ich rechnete aus, dass ich pro Tag fünfundvierzig Seiten schaffen musste, um die Frist zu halten. Das bedeutete, abends, wenn Paula im Bett lag, eine zweite Schicht anzuhängen. An nächtliche Besuche in Hellersdorf war vorerst nicht zu denken. Eines Vormittags tauchte Peter auf und störte mich beim Arbeiten.

Du musst mir helfen, sagte er.

Ich kann jetzt nicht, sagte ich.

Peter kam mit einer Reisetasche herein. Er packte weiße Handschuhe, einen Kartoffelsack und schwarze NVA-Stiefel aus. Sie entstammten der Paradeuniform der Landstreitkräfte und waren für den Stechschritt erfunden worden.

Was soll das werden?, sagte ich.

Hat Tina mir eingebrockt, sagte Peter, alle ersten Klassen, und die von der Nachbarschule gleich mit, sechs Einsätze, unbezahlt. Den roten Mantel mit den weißen Fellsäumen habe er, Peter, selbst kaufen müssen, eine Ausgabe, die ihn bitter schmerze.

Sieh zu, dass du nicht erkannt wirst, sagte ich, während ich ihm die Gummis des Wallebarts hinter die Ohren streifte.

Ich stopfte ihm eines unserer Sofakissen in die ausgeleierte Jogginghose, schlug die Schöße des Mantels übereinander und verknotete einen dicken Strick über seinem Wanst.

Fester!, zischte Peter.

Wie du meinst, ächzte ich und zerrte am Strick, bis der Kissenbauch oben und unten darüber quoll.

Ich klebte ihm Augenbrauen aus weißer Watte an, malte ihm mit Lippenstift rote Wangen und eine rote Nase.

Du hast keine Rute, sagte ich.
Tina meint, brauch ich nicht, sagte Peter, Rute war gestern.
Ich zog ihm die Kapuze in die lockige Stirn und schob ihn zur Tür hinaus.
Toi toi toi, rief ich, und gebeugt schlurfte Peter mit leerem Sack die Treppen hinab und seinem ersten Auftritt als Weihnachtsmann entgegen.
Wann immer er eine Schulklasse zu beglücken hatte, klingelte Peter nun bei mir. Das raubte mir wertvolle Arbeitszeit, doch konnte ich Peter nicht hängen lassen. In seine Rolle wuchs er schnell hinein, schwärmte von seinen Erfolgen und spielte mir, während ich ihn präparierte, die besten Stellen seiner Nummer vor. Sobald ich ihn losgeworden war, flitzte ich zurück an den Schreibtisch. Mit eiserner Disziplin bezwang ich mein Tagespensum. Auch Micha hatte alle Hände voll zu tun, und schaffte er es, die Redaktion zeitig zu verlassen, nutzte ich die Gelegenheit und stürzte mich zusammen mit allen anderen Berlinern in die Geschenkehatz. Bepackt mit schweren Tüten, hastete ich durch festlich beleuchtete Shoppingcenter, quetschte mich in überfüllte Straßenbahnen und erreichte, Blasen an den Füßen, Arme wie ein Gorilla, schwitzend die Wohnung. An einem Sonnabend, als Micha im Büro zu tun hatte und ich ohnehin nicht arbeiten konnte, weil Paula zu Hause war, fuhren wir nach Hellersdorf. Wir besuchen den Mann, der so schlecht rechnen kann, sagte ich fröhlich. Paula freute sich. Ich gewinne wieder, sagte sie. An der Endhaltestelle erwartete er uns. Er sah frisch aus. Er trug einen Rucksack. Paula hüpfte dem Mann entgegen. Zwei Schöne seid ihr, sagte der Mann und streichelte zur

Begrüßung erst Paulas, dann meine Wange mit der Außenseite zweier Finger. Paula interessierte sich für den Stock. Mein Kopf sank für eine Sekunde auf die Schulter des Mannes. Ich inhalierte den Rasierwasserduft wie eine Droge. Der Mann schlug den Prinzessinnen vor, einen Spaziergang zu machen. Darf ich deinen Wanderstock haben?, sagte Paula. Der Mann überließ ihn ihr. Der Mann führte uns durch Straßen, über Parkplätze, an Plattenfassaden vorbei. Die Zahl der Autos überstieg die Zahl der Passanten bei weitem. Ein hellgrauer Himmel hing auf Beton und buntes Blech hinab. Wir überquerten eine Brücke, ließen die letzten Häuserblocks hinter uns und durchstreiften Brachland, von dicken, überirdischen Rohren durchzogen. Geh voran, Paula, sagte der Mann, such uns den besten Weg. Paula schlug sich eifrig wie ein Entdecker mit dem Stock durch Gestrüpp. Nichts ist schlimmer, sagte der Mann, als den Alten hinterherlatschen zu müssen. Musstest du?, sagte ich. Jeden Sonntag, sagte der Mann. Wir liefen im Gänsemarsch auf Trampelpfaden, sahen verwitterte Bänke, darin eingeritzt Liebesschwüre. Die Büsche wurden dichter, die Bäume höher. Ist das noch Berlin?, sagte ich. Gleich nicht mehr, sagte der Mann. Ohne es zu merken, überschritten wir eine Grenze. Laub raschelte unter unseren Schuhen. Was ist das?, rief Paula und wies mit dem Stock auf schwarzbraune Kötel. Ziegenkacke, sagte der Mann. Wo sind hier Ziegen?, sagte sie. Wart's ab, sagte der Mann. Wir gingen durch einen Wald und fanden Wildschweinspuren. Die Viecher hatten Laub und Erde auf der Suche nach Eicheln durchwühlt. Wir erreichten eine Straße aus uraltem Kopfsteinpflaster, aus dessen Ritzen Moos wuchs. Ein verschlafenes Dorf tat sich auf. Gegenüber der Feuerwehrausfahrt meckerten auf einem Acker die Ziegen. Ich meckerte zurück. Sie antworteten. Paula lachte. Aus dem Türmchen einer kleinen Kirche schlug es zwölf. Wir schlenderten über den Friedhof, krochen durch ein Zaunloch, wanden uns durch biestige Schlingpflanzen auf einem schmalen Uferweg entlang. Sand, Tierhöhlen, versteckte Badestellen. Unten lag der See. Ein Angelgewässer. Totes Holz schwamm auf schwarzem Wasser. Hier und da Entengrütze. Am gegenüberliegenden Ufer ragten in Reih und Glied Säulenpappeln in die Höhe, an deren kahlen Zweigen ein paar vergessene gelbe Blätter wehten. Wir verfolgten das Treiben eines Eichhörnchenpaars, das in halsbrecherischer Geschwindigkeit an Baumstämmen hinauf- und hinabkletterte, sich durch die Äste schwang, immer wieder für Zehntelsekunden inne hielt. Der Mann und ich schraubten unsere Stimmen in Trickfilmhöhe. Wir synchronisierten das hektische Paar, das sich komplett uneins war über die Vorgehensweise bei der Futterbeschaffung. Wir stießen auf ein verwunschenes Anwesen mit einem Hexenhäuschen, aus dessen Schornstein Rauch aufstieg. Pferde!, rief Paula. Sie hatte eine Koppel entdeckt, auf der braune und weiße Islandpferde grasten und mit den Schweifen wedelten. Die kann man reiten, sagte der Mann. Wir bestiegen eine Anhöhe. Oben erstreckte sich ein Feld, endlos die Fläche, regelmäßig die Furchen. Meine Füße tun weh, sagte Paula. Meine auch, sagte der Mann. Meine auch, sagte ich. Hier rasten wir, sagte der Mann. Er ging zu einem Baum, zog eine dunkelblaue Decke aus dem Rucksack, breitete sie auf dem modernden Laub aus. Die Prinzessinnen nahmen Platz. Der Mann packte aus: eine Thermoskanne mit Kaffee, eine Flasche Apfelsaft, ein halbes Brot, eine Salami, einen sehr großen Apfel. Mit einem Taschenmesser schnitt er die Wegzehrung in mundgerechte Stücke. Er teilte die Happen sorgsam auf. Mit fettigen Pfoten fütterte er uns. Paula und ich schmatzten. Der Mann, er sorgte für uns. Einfache, herzhafte Nahrung. Ein Schmaus. Paula, die Äpfel sonst gar nicht mochte, verlangte Nachschub. War das derselbe Mann, mit dem ich vor ein paar Wochen in einem erstklassigen Restaurant gespeist hatte? Der mein teures Hurenkostüm finanziert, mir den Arm geboten und dem Pianisten einen Drink spendiert hatte? Ich verstand etwas. Er ließ die Mitte aus. Er machte einen großen Bogen um alles Durchschnittliche. Er hielt sich ganz unten auf, bei den Proletariern, in der Armut, oder ganz oben, beim Adel, in der Dekadenz. Wohnte im Plattenbau und leistete sich einen Chauffeur. Hockte am Tresen einer Ex-Nutte, wo das Bier eins fünfzig kostete, und gab einem Kellner, der die Diskretion erfunden hatte, dreißig Euro Trinkgeld. Auch die Rosen, die er mir geschickt hatte, waren Ausdruck jener Methode gewesen. Damals aber hatte ich sie noch nicht durchschaut. Niemals war der Mann dort anzutreffen, wohin all die Tinas und Peters und Michas strebten, um sich zu drängeln: im Konsens, im Kompromiss, im Zentrum des Zeitgeistes. In der Mitte der Stadt. Dort, wo man sich ab dreißig Kaffeeautomaten und Nudelmaschinen leistete. Wo man sich von Jahr zu Jahr ein Quäntchen verbesserte, den Gipfel der Mitte fest im Visier. Wo die Mülleimer wie Frösche aussahen. Die in der Mitte fürchteten die Ränder wie das Böse. Sie meinten, direkt in den Abgrund zu blicken. Als däch-

ten sie insgeheim noch immer, dass die Welt eine Scheibe sei, von der sie herunterfallen könnten. Es fing an zu schneien. Zaghaft taumelten einzelne Flocken hinab. Sie würden nicht liegen bleiben. Noch nicht.
Als ich acht oder neun war, sagte ich, habe ich mal eine Geschichte geschrieben, auf der alten Schreibmaschine meiner Oma, eine ganze Seite lang. Die Geschichte hieß »Die Schneeflocke Elvira«.
Paula trank gierig aus der Flasche und wischte sich über den Mund.
Und was war mit der Schneeflocke Elvira?, fragte sie.
Die durfte zweimal fliegen, sagte ich.
Wir schauten in den Himmel. Eine Flocke landete auf Paulas Wimpern. Eine Flocke landete auf der Hakennase des Mannes. Die Kristalle schmolzen dahin. Wir lagerten am Feldrand, am Waldrand, am Stadtrand und picknickten. Wir schauten über die weite Ebene, die Hochspannungsmasten durchschnitten. Am Horizont die Silhouette der Plattenbauten, aufgeklebte Bauklötze im Niemandsland.

*

Am Sonntagabend räumte ich, nachdem ich Paula ins Bett gebracht hatte, die Küche auf. Micha nahm sich wie üblich ein Bier aus dem Kühlschrank und schlurfte vor den Fernseher. Ich schaltete den Geschirrspüler ein, ging ins Arbeitszimmer und setzte mich an den Schreibtisch. Mit der Korrektur der Übersetzung kam ich gut voran. Ich war bis Seite dreihundertelf vorgedrungen und würde, sofern es nicht zu unvorhersehbaren Zwischenfällen kam, das Manuskript pünktlich abliefern können. Aus dem Wohnzimmer ertönte die Erkennungsmelodie. Zwanzig Uhr fünfzehn. Es klingelte. Ich ließ den Bleistift fallen und öffnete die Tür. Tina blickte mich mit ihren großen braunen Augen an. Sie sah abgehetzt aus, übermüdet.

Ist was passiert?, sagte ich.

Kann ich mit dir reden?, sagte sie.

Komm erst mal rein, sagte ich.

In der Küche füllte ich uns zwei Rotweingläser.

Hier riecht's ja lecker, sagte Tina.

Paula und ich haben heute Nachmittag Plätzchen gebacken, sagte ich.

Das werden wir in diesem Jahr wohl nicht schaffen, sagte Tina, ich habe einfach keine Zeit.

Tina verdünnte ihren Wein mit Wasser. Sie sitze morgen früh um fünf schon im ICE.

Was habt ihr denn gemacht am Wochenende?, sagte ich.

Tina winkte traurig ab. Dann massierte sie mit Daumen und Zeigefinger die Nasenwurzel.

Gestritten, sagte sie, Peter und Johnny sind manchmal wie die Kampfhähne. Sobald sie, Tina, aus Köln komme, rissen sich die beiden um sie. Sie wisse überhaupt nicht, wem sie zuerst zuhören solle, ganz zu schweigen von ihren eigenen Problemen, davon könne sie rein gar nichts loswerden.

Warum bist du gekommen?, sagte ich.

Tina druckste herum.

Ich habe Micha gestern im Bioladen getroffen, sagte sie, rein zufällig, bei den Teigwaren.

Zufällig, sagte ich.

Jawohl, sagte Tina, zufällig.

Hat Micha dich geschickt, sagte ich.

Das spielt doch keine Rolle, sagte Tina, und ihr Ton wurde streng, ich mache mir solche Sorgen um Paula.
Inwiefern?, sagte ich.
Du bist dabei, deine Familie zu zerstören, sagte Tina, du trittst Paula mit Füßen, ist dir das vollkommen egal?
Ich trete nicht, sagte ich.
Willst du deine Tochter aus allen Zusammenhängen reißen?, sagte Tina. Willst du ihr den familiären Rückhalt rauben und sie in Zukunft von Mann zu Mann schleppen, wie es dir gerade in den Sinn kommt? Das kannst du Paula nicht antun.
Soll ich lieber jedes Wochenende streiten, sagte ich.
Es ist doch alles viel komplizierter, sagte Tina, eine Beziehung ist eben Arbeit, Hauptsache, die Dinge bleiben in Bewegung. Du kannst doch nicht einfach alles wegwerfen, die vielen Jahre, die gemeinsamen Erlebnisse, die Vertrautheit. Paula hat ein Recht auf Mutter und Vater. Du hast Verpflichtungen, du trägst Verantwortung, deine Tochter braucht dich. Du darfst Paula nicht zum Opfer deiner Eskapaden machen. Du darfst ihr nicht den Vater wegnehmen. Du darfst sie nicht anlügen. Du musst ihr die Wahrheit sagen. O Gott, das arme Kind!
Ich lüge nicht, sagte ich, es handelt sich auch nicht um Eskapaden, und Paula ist kein Opfertyp.
Ihr habt doch wohl einiges zu verteidigen, sagte Tina spitz, ich begreife nicht, was in dir vorgeht. Eine Familie sei von unschätzbarem Wert. Jeder habe schließlich mit Hochs und Tiefs zu kämpfen. Glücksmomente seien selten, dafür umso kostbarer. Immer dieser Riesenanspruch auf Erfüllung. Es komme darauf an, nicht zu erstarren. Ich ließ Tina reden. Sie beschwor unsere

Freundschaft, die wunderbar lange Zeit, die wir uns nun schon kannten. Sie gemahnte mich daran, wie schön wir es früher zusammen gehabt hätten, sprach von den vielen Erinnerungen, die wir teilten, von den kleinen Krisen, die wir durchgemacht hätten, lobte unsere Männer, die uns immer beigestanden hätten, schwärmte von unseren Kindern, die so gut geraten seien, rief aus, dass wir den Alltag stets gemeinsam gemeistert hätten. Je lauter Tina wurde, umso leiser wurde ich. Sie schäumte über vor Emotion, fuchtelte mit den Händen, verspritzte Tränen. Ich biss die Kiefer aufeinander, verengte die Augen und schoss Sätze ab wie Pfeile. Spielte Tina große Tragödie, überkam mich das Dienstgesicht eines Nachrichtensprechers. Ich übernahm den Part, den meine Freundin mir übrig ließ. Wir verhielten uns wie ein ausgelutschtes Ehepaar. Ich schenkte uns Rotwein nach und sah auf die Küchenuhr. Der große Zeiger zuckte. Viertel zehn. Es war längst Zeit für Michas zweites Bier. Wahrscheinlich traute er sich nicht in die Küche. Tina war inzwischen wieder bei Paula gelandet und ergoss sich in Mitleid. Sie appellierte an mein Gewissen. Sie flehte mich an, zur Vernunft zu kommen. Die Sorgenfalte zwischen ihren Brauen ging gar nicht mehr weg. Gleich würde sie mir vorwerfen, ich sei gefühlskalt, liebesunfähig und zynisch.
Du bist gefühlskalt, liebesunfähig und zynisch, schrie Tina.
Du produzierst Gefühle in Serie, sagte ich.
Das muss ich mir nicht bieten lassen, schrie Tina.
Sie schlug mit der Handfläche auf den Tisch, dass die Gläser kippelten. Die Rolle der einfühlsamen Retterin, die sie sich vorgenommen hatte, war ihr ins Hys-

terische verrutscht. Micha kam herein. Im Wohnzimmer kreischten Frauen, ein Martinshorn schrillte. Er schlich mit betretener Miene durch die Küche. Tina und ich verfolgten seinen Gang. Micha begrüßte Tina, fasste gedankenverloren die Nudelmaschine an. Tina warf Micha einen bedeutungsschwangeren Blick zu, der ihr vor mir peinlich zu sein schien. Micha holte sich das zweite Bier aus dem Kühlschrank, sah uns aus dem Augenwinkel an. Nebenan brüllten Männer Kommandos. Ein zerquältes Lächeln um den Mund, schlich Micha zur Tür, die er gegen seine Gewohnheit ordentlich hinter sich schloss. Sollte Paula nicht von Tinas Gezeter erwachen? Wollte Micha ungestört fernsehen? Vor allem wollte er nichts von dem Gefecht mitkriegen, das sich in seiner eigenen Küche abspielte. Tina blickte Micha lange und wehmütig nach.

Siehst du denn nicht, wie er leidet?, sagte sie.

Meine Freundin bemühte sich sichtbar um Sachlichkeit.

Micha hatte seine Chance, sagte ich, er hat sie nicht genutzt.

Ihm fehlen die Worte, sagte Tina, das ganze Gesicht zum Vorwurf geformt.

Das ist schlecht für einen Theaterkritiker, sagte ich.

Micha ist kurz davor durchzudrehen, sagte Tina.

Im Moment schaut er Fernsehen, sagte ich.

Micha ist ein herzensguter Mensch, sagte Tina, der sich rührend um seine Tochter kümmert.

Selbstlos schlug sich Tina auf die Seite der Schwachen. Das konnte nur heißen, dass sie mich zu den Starken zählte. Ich goss mir Rotwein nach. Tina hielt die Hand über ihr Glas. Angriffslustig wanderte ihr Blick auf meinem Gesicht herum.

Dieser ominöse Mann, sagte Tina, scheint ein Phantom zu sein, oder warum stellst du ihn mir nicht vor?
Ich sehe keinen Grund, sagte ich.
Hast du etwas zu verbergen?, sagte Tina.
Nein, sagte ich, ich habe Besseres zu tun.
Mindestens zwanzig Jahre älter, sagte Tina, geht am Stock, säuft in Kneipen herum und füllt Paula mit literweise Cola ab.
Du bist ja bestens informiert, sagte ich.
Tja, sagte Tina, Paula hat es ihrem Papa erzählt.
Und Paulas Papa hat es dir erzählt, sagte ich, sieh an.
So einer passt doch überhaupt nicht in unser Leben, rief Tina.
Er passt nicht in dein Erfolgskonzept, sagte ich.
Der nutzt dich doch nur aus, rief Tina.
Wie kommst du darauf?, sagte ich erstaunt.
Ich bitte dich, sagte Tina und senkte abschätzig die Stimme, für ein paar heiße Nächte kannst du doch nicht alles hinschmeißen.
Sprich nicht von Dingen, von denen du keine Ahnung hast, sagte ich.
Du verrennst dich total, schrie Tina, das ist ein perverser Kerl, der Strapse braucht, um noch einen hoch zu kriegen!
Dein Peter ist schon lange kein Mann mehr.
So ein Unsinn!
Der klebt sich aus Verzweiflung schon Bärte aus Watte an.
Jetzt reichts. Peter macht seine Sache in der Schule mit Spaß und mit Erfolg.
Da gehört er auch hin. In die Schule. Peter ist der große Bruder von Johnny.
Das verbitte ich mir.

Frisst ihm die Chips weg und klaut ihm das Taschengeld.
Er hält mir den Rücken frei.
Auf deinem Designersofa hocken zwei Kleinganoven, die ihrer Mutti zusehen, wie sie sich vor der Fernsehnation prostituiert.
Ich arbeite!
Mit dem Geld, das du verdienst, kaufst du deine Jungs. Darum halten die still.
Das nimmst du zurück.
Du züchtest lauter Memmen, die sich deinem widerlichen Glücksgefasel unterwerfen.
Infame Lügen! Du hast einen Vollknall!
Inklusive Micha. Dieser Feigling passt in dein System. Der ist schon zur Zweitmutter geschrumpft. Das Einzige, was er tut, ist, seiner Mitwelt zu signalisieren, dass er geschont werden muss. Warum eigentlich? Wovor? Weshalb kümmert er sich so rührend ums Kind? Weil er vor jedem Erwachsenen Angst hat. Diese Flasche! In so einer verpesteten Luft wächst meine Tochter nicht auf.
Ach ja? Lieber in gesunder Kneipenluft!
Halt die Klappe! Überall mischst du dich ein. Hockst in Köln und kontrollierst uns noch von weitem. Sobald irgendwo ein Problem auftaucht, bist du zur Stelle und steckst deine dämliche Nase tief hinein. Es hebt deine Stimmung ungemein, wenn es anderen schlechtgeht. Du musst es dir aus der Nähe ansehen. Deine verlogene Aufopferungsnummer ist zum Kotzen. Du redest fremden Leuten Krisen ein, die sie überhaupt nicht haben, damit du weißt, dass du die Beste bist. Du überspannte Pionierleiterin! Du machtgierige Schnepfe! Du kleine, perfide Domina!

Ich wusste es. Du bist krank. Pervers. Total sexfixiert!
Jede Sexualität ist pervers. Oder es ist keine. Im Bett gibt es nur oben oder unten. Die Mitte existiert nicht. Aber das kapierst du nicht, weil du prüde bist bis zur Halskrause.
So ein paar blöde Fesselspiele kriege ich allemal hin.
Das stimmt. Die kriegst du sehr gut hin. Nur am falschen Ort. Peter duckt ab. Johnny duckt ab. Micha duckt ab. Du folterst sie mit deinem Geschwätz von Beziehungsarbeit. Das ist pervers! Mit dir kann man weder fressen noch saufen noch ficken. Mir geht es so gut wie nie. Und Paula geht es auch super. Dieser Mann ist wie ein Geschenk vom Himmel gefallen! Ich werde dieses Geschenk nicht ausschlagen! Übrigens, Johnny braucht seit zwei Jahren einen neuen Schlafanzug. Zu klein.

Tina hatte ihr Gesicht vergessen. Sie starrte mich an. Mit leicht geöffneten Lippen und auf dem Tisch verschränkten Armen saß sie vor mir. Ich verspürte plötzlich den Wunsch, sie in den Arm zu nehmen. Ich wollte, dass sie ausruhte. Mein Puls schlug schnell.
Es tut mir leid, sagte ich.
Tina sprang auf und schmiss dabei den Stuhl um. Es knallte. Schluchzend warf sie sich in ihren Mantel. Dann richtete sie die großen braunen Augen auf mich.
Warum bist du so kalt, sagte sie.
Ich werde um dich kämpfen, sagte sie.
Ich bin mit dem Herzen immer bei dir, sagte sie. Ich liebe dich.

Dann schlich Tina die Stufen hinab wie neulich Peter mit seinem leeren Sack.

*

Polierte Schuhe und bunte Schlipse überall! Farbenfrohe Blusen, wallende Röcke, frisch gelegte Locken! Lachende Münder! Scherzende Gesichter! Frühling! Maiendüfte! Ein mildes Lüftchen wehte, Knospen platzten auf, alles fing an zu sprießen, die Sonnenstrahlen kitzelten mich in der Nase. Ich tummelte mich inmitten der herausgeputzten Hausgemeinschaft in den herausgeputzten Grünanlagen, trug die weiße gebügelte Pionierbluse, den dunkelblauen Plisseerock, der so lustig über den Schenkeln hüpfen konnte, und das rote Halstuch. Ja, ich war schon Thälmannpionier! Gemeinsam mit den Familien bewunderte ich die kleinen Säulenpappeln. Keck schlugen ihre jungen Triebe aus, entrollten sich die hellgrünen Blättchen und wie kräftig wuchsen die kleinen Stämme! Mein Vater stand auf einer Leiter vor dem Hauseingang und präsentierte sich zur Feier des Tages in seiner Uniform mit den Paradestiefeln und den Zierkordeln an der Mütze. Liebe Anwohner!, rief mein Vater. Die Familien drehten die Köpfe in seine Richtung. Wisst ihr noch, wie wir im letzten Herbst die Pappeln gepflanzt haben? Wir alle haben kräftig mit angepackt. Ja, riefen die Hausbewohner und applaudierten. Und nun, schon im nächsten Frühling, rief mein Vater, werden wir für unseren Fleiß mit einer Auszeichnung belohnt! Er drehte sich auf der Leiter um. Auf die Plätze, fertig, los, rief er und pflückte mit festlicher Gebärde – fluff – das rote Tüchlein von der weißen

Wand. Ein Oh und Ah durchwogte die Menge. Jubelpfiffe, Beifallsstürme. Die Goldene Hausnummer! Zwei blitzblanke Dreien schmückten unseren Hauseingang, dick und prall wie Lebkuchen. Diese Goldene Hausnummer, rief mein Vater, soll uns ein Ansporn sein. Jawohl, stimmten die Anwohner begeistert zu. Auf dass unsere Pappeln weiterhin prächtig gedeihen! Bravo! Auf dass wir unser Wohngebiet in Zukunft noch schöner gestalten! Auf dass noch unsere Kinder und Kindeskinder sich daran erfreuen! Da öffnete sich die Haustür, und meine Mutter trat ins Licht. Ein ehrfürchtiges Raunen begleitete ihren Auftritt, und mein Vater kletterte von der Leiter, wies mit den Händen stolz in ihre Richtung, räumte seiner Frau das Feld. So meine Lieben, rief meine Mutter und zwinkerte uns aufmunternd zu, ab jetzt will ich kein trauriges Gesicht mehr sehen. Sie hob die schlanken Arme und: drei, vier! Voller Tatendrang und Optimismus schmetterten wir meiner Mutter das Lied entgegen; ich trällerte mit Eifer, ich sang mit der Hausgemeinschaft um die Wette, ich liebte das Singen, das Talent dazu hatte ich von ihr, meiner Mutter, die nicht nur leidenschaftliche Musiklehrerin, sondern auch stellvertretende Direktorin unserer Polytechnischen Oberschule war, geerbt. Meine Mutter dirigierte die Männer, die Frauen, die Kinder, all die glücklichen Familien, und wie wunderschön sah sie dabei aus! Auf spitzen Schuhen tänzelte sie mit schmalen Fesseln, manchmal lugten die Kniescheiben wie Eishockeypucks unter dem schwingenden Saum des Kleides hervor, das über und über mit kleinen Rosen bedruckt war, das die zierliche Taille betonte, den wohlgeformten Busen, und im Ausschnitt zappelte am Kettchen die putzige gläserne

Kugel, die mich manchmal an ein Auge erinnerte, und der ranke Hals machte meine Mutter zur Akrobatin. Sie reckte das Kinn, richtete voller Liebe die großen braunen Augen auf uns, stimmte Lied um Lied an, und der pfiffige Kurzhaarschnitt wippte fröhlich in den Sonnenstrahlen, die winzige goldene Armbanduhr am zarten Handgelenk blitzte, die Finger malten graziöse Schnörkel in die Luft. Mutti! Mutti! Du bist die Beste! Genau so will ich später auch werden. Ich ließ den Blick nach oben schweifen, und siehe da – überall schauten neugierig Köpfe zwischen den Fahnen hervor, die in den Fahnenhaltern steckten, die übermütig im Frühlingswind flatterten, Hammer, Sichel, Ährenkranz, immer neue Hausbewohner beugten sich über die Brüstungen, winkten, lachten, klatschten, feierten mit uns die Goldene Hausnummer. Ach, wir waren ja so viele. Und ich, Katinka, mittendrin. Unsere Lieder schallten an der geschmückten Fassade hinauf bis in den hohen, hellblauen Himmel, vor dem sich unser schmucker Elfgeschosser überscharf abzeichnete, frisch und frei klang es aus allen Kehlen, glockenhell überglänzte unser Gesang das monumentale Land aus Beton.

*Fröhlich sein und singen! Stolz das rote Halstuch tragen! Andern Freude bringen! Ja, das lieben wir! Hallo! Hört ihr die Fanfaren? Hört ihr unsre Lieder? Das sind wir! Fröhlich sein und singen! Ja, das lieben wir!*

Ich blickte in die Tiefe. Da unten stand die Hausgemeinschaft, eine kleine Ballung, eine bunte Traube, und sang. Sie rissen die Münder auf wie Schnäbelchen. Meine Mutter dirigierte hektisch mit streichholzdünnen Ärmchen. Die Pappeln Spielzeugbäume. Die Grünanlagen wie auf Millimeterpapier gezeichnet. Die Lieder schallten und nahmen kein Ende. Es dämmerte schon. Der Abend legte sich wie ein Schleier über die hoffnungsfroh trällernden Zwerge. Nicht mehr Tag. Noch nicht Nacht. Ich hatte genug. Ich wollte das nicht hören. Ich wollte mir die Ohren zuhalten. Es ging nicht. Ich wollte das nicht sehen. Ich wollte mir die Augen zuhalten. Es ging nicht. Ich wollte mich abwenden. Ich kam nicht vom Fleck. Ich war gefesselt. Dieser schneidende Druck an den Gelenken. Kaltes Metall. Die Handschellen an den Rohren, die hinter dem Heizkörper verliefen und parallel zu den Scheuerleisten irgendwohin führten. Ich stand in voller Hurenmontur hoch oben in der elften Etage und stützte die Hände auf dem Fensterbrett ab. Hatte ich gesungen?

Der kleine Tod, sagte ich.

La petite mort, sagte hinter mir die Waldschratstimme. Ich wartete. Nichts geschah. Er fasste mich nicht an. Ich keuchte. Dampfte ich? Die Panzerung klebte mir auf der Haut. Er verließ seinen Platz. Ich erkannte es am Ächzen des Schreibtischstuhls, auf dem er gesessen hatte. Warum kam er nicht zu mir? Ich hörte das Tapsen auf dem Marmor-Imitat. Zwei Schritte. Poch. Zwei Schritte. Poch. Wohin ging der Mann? Warum ließ er mich hier allein? Das Knistern. Das Schaben. Warum befreite er mich nicht? Ich musste ihn locken. Ich bog den Rücken und reckte den Hintern. Sah er mich? War er aus dem Zimmer verschwunden? In die Küche? In die Nasszelle?

Machen Sie mich los.
Das könnte Ihnen so passen.
Ich will nach Hause.
Sie sind zu Hause.
Wo sind Sie?
Hier.
Machen Sie mich los.
Sprechen Sie weiter.
Die Turnhallen, die Mehrzweckgebäude, die Fahnenhalter. An alles haben die Architekten gedacht.
Bloß die Friedhöfe haben sie vergessen.
Wo soll ich meine Eltern begraben. Wo soll ich Sie begraben. Machen Sie mich los.

Meine Knochen schmerzten, eingeschnürt im Korsett. Ich durfte jetzt nicht zimperlich sein. Ich wusste nicht, wo genau sich der Mann befand. Ich wusste nicht, was er tat. Er schien sehr weit weg zu sein. Ich kühlte meine Stirn an der Scheibe. Ich sah mein Dekolletee, den üppigen Busen. Ich lauschte. Stille. Ein Knautschen. Was trieb er? Es knarrte leise. Die Matratze? Das Lotterbett. Legte er sich hin? Wollte er schlafen?

Was tun Sie?
Ich betrachte Sie.
Machen Sie mich los. Ich möchte mich hinlegen. Bitte.
Nein. Sprechen Sie.
Wovon denn?
Wovon Sie mögen.
Micha wollte nie Geschichten von früher hören. Vor allem keine Männergeschichten. Er wollte, dass mit

uns alles ganz von vorn begann. Das hat mir damals sogar geschmeichelt. Die Stunde null. Micha fand die Vergangenheit minderwertig.

Und die Zukunft?

Golden. Eine Verbesserung nach der anderen.

Spätestens mit vierzig ist damit Schluss.

Wenn Sie Kinder haben, können Sie es hinauszögern. Die Zukunft sitzt quasi am Küchentisch. Machen Sie mich los.

Sprechen Sie weiter.

In Wahrheit hatte Micha Angst vor dem Vergleich. Er hatte Schiss, nicht mithalten zu können. Mit Karl. Mit den Fernfahrern. Ich habe ihn geschont. Er hat sie bekommen, seine Stunde null. Ich wusste nicht, wie bitter sich so was rächt.

Die Kinder werden groß und stellen Fragen.

Oder die Kinder lernen zu schweigen. Von den Alten. Mit den Alten. Für die Alten. Es ist grausam. Machen Sie mich los.

Sie bleiben, wo Sie sind.

Sie halten alles aus, nicht wahr? Ich kann mich nie entscheiden, ob ich Angst um Sie oder vor Ihnen habe.

Wollte er mich hier verrecken lassen? Meine Handgelenke schwollen. Das Blut staute sich. Die Füße in den Stiefeln fühlten sich aufgeschwemmt an. Ich schaute nach draußen. Es war Nacht geworden. Endlich. Da lagen sie, die Klötze von Hellersdorf, und wurden in der Ferne kleiner. Ein Labyrinth floss ins andere. Alles glitzerte. Der Fernsehturm sendete sein weißes Signal in die Dunkelheit über der Stadt. Meine Knie zitterten. Ich konnte nichts dagegen tun. Seit der Verleihung der Goldenen Hausnummer hing ich hier fest. Wie lange konnte sich ein Mensch auf den Beinen halten, bevor er zusammenbrach? Ich riss mit Gewalt an den Handschellen. Ich verdrehte meinen Körper in alle Richtungen. Ich hackte mit den Stiefeln gegen die Heizung. Das Metall schnitt mir schmerzhaft in die Gelenke. Meine Tritte hallten hohl durch die Heizungsrohre, die alle Geräusche durch sämtliche Etagen beförderten. Ich wusste doch ganz genau, was diese Schwingungen im Plattenbau anstellten. Bewegung!, schrie ich. Ganz wichtig!, schrie ich. Mach mich los!, schrie ich. Ich trat nach hinten aus, erwischte etwas Weiches. Die Pfoten packten mich. An der Schulter, am Kopf. Die Beine verstellten mir den Spielraum. Der Mann presste mich mit seinem ganzen Körper gegen die Heizung. Er hielt mich überall fest. Hör auf, sagte er. Ruhig, sagte er. Es ist gut, sagte er. Ich machte schlapp. Es schüttelte mich. Ich schluchzte.

Ich darf Paula nicht anlügen.
Das sollst du auch nicht.
Ich muss ihr endlich die ganze Wahrheit sagen.
Paula ist keine Mülltonne. Bloß, weil du dein Gewissen erleichtern willst, kannst du ihr nicht die ganze Last aufbürden. Wie soll sie die wegschleppen.
Ich weiß es nicht. Hilf mir.
Sie ist doch noch klein. Du beantwortest ihre Fragen erst, wenn sie sie gestellt hat. Paula gibt das Tempo vor.
Paula will ganz oben wohnen.
Das will sie? Das kann sie.

Eine Pfote berührte die Schnürung in meinem Rücken. Ich reagierte viel zu heftig. Die Pfote wanderte über den harten Stoff, den Hintern, zu den Strapsbändern. Mit Sorgfalt kontrollierte sie alle Übergänge. Der Atem des Mannes schlug in mein Ohr. Ich heulte. Der Rotz lief mir aus der Nase. Ich schwitzte. Meine Muskeln spielten verrückt. Ich wollte mich dem Mann an den Hals schmeißen. Es ging nicht. Ich war festgekettet. Fix und foxi. Nudelfertig.

Ich habe keine Geburten mehr vor mir.
Ich auch nicht.
Ich habe nur noch Tode vor mir.
Ich auch.
Erst kleine. Dann große. Warum haben Sie alles doppelt?
Damit etwas Drittes entstehen kann. Sie wollen, dass ich Sie losmache?
Ja.
Sie wissen, was dann zu tun ist?
Ja.
Sie kennen den Befehl?
Ja.

Die Pfote ließ mich im Stich. Ich lauschte dem nackten Tapsen, das sich entfernte. Kein Stock. Ich dachte an die hellgrauen Maserungen auf weißem Grund. Das Suchbild ohne Lösung. Es klimperte leise. Das Tapsen näherte sich. Der Mann machte sich an meinen Gelenken zu schaffen. Es dauerte links. Es dauerte rechts. Er befreite mich von den Handschellen. Das Metall schlug baumelnd gegen die Heizung. Ich war frei. Ich streckte mich. Ich machte einen Katzenbuckel. Ich kreiste mit den Händen. Zwei freie Hände. Was fing ich damit an? Ein Streichholz wurde entfacht. Ich drehte mich langsam um. Der Mann zündete eine Kerze an. Sie stand auf dem Schreibtisch. Die Pfote mühte sich mit dem Docht. Die Flamme züngelte. Unruhige Schatten auf den dunklen Wänden. Kerzenlicht ist das einzige Licht, hatte Karl oft gesagt, das nicht blendet, wenn man hineinschaut. Der Mann legte sich auf das Bett. Er atmete heiser. Ich ging auf ihn zu. Ich genoss jeden Schritt. Die Absätze hackten auf die Striche ein. Stumpfe Hiebe. Die Pfoten streckten sich in meine Richtung und formten zwei Halbkugeln. Pfoten runter!, zischte ich. Der Mann gehorchte. Der Atem bewegte den Bauch und die Brust mit dem weichen Fell. Wie brav er wartete, wie schön im milden Widerschein der Kerze. Aber das täuschte. Ihn zu bezwingen war keine einfache Aufgabe. Ich musste mich in Acht nehmen. Der Mann blieb gefährlich. Ich stieg über ihn hinweg und stampfte mit den Stiefeln in die weißen Kissen. Ich drehte mich um mich selbst. Dann ließ ich mich auf die Knie sinken, mit dem Rücken zu ihm. Die Absätze landeten millimeterdicht neben den Hörgeräten. Die Pfoten grapschten gierig nach meinem Hintern. Ich klemmte sie mit den Knien am Körper des Mannes fest. Ich hatte ihn in der Mangel. Er war hilflos. Vor meinen Augen ragte einsam der Schwanz empor. Der Mann lechzte. Ich hatte Zeit. Der Mann hing von mir ab. Du willst ersticken?, zischte ich, wartete die Antwort nicht ab und pflanzte mich mit aller Macht mitten in die struppige Schnauze hinein. Der Mann leckte zwischen meinen Beinen, wo alles heiß und geschwollen war. Er schmatzte, grunzte, stöhnte auf. Er soff mich leer, er saugte mich aus. Er wollte mit dem Kopf voran in mich hinein. Das stach. Das suppte. Das kannte kein Erbarmen. Was für klobige Körper. Die droschen aufeinander ein. Ich machte mich schwerer, presste mich tiefer, ich ließ ihm keine Pause, keine Luft. Nieder. Nieder. Nieder. Er zappelte. Er bäumte sich. Der Schwanz wollte beachtet werden. Ich ignorierte ihn. Der winselte nach Erlösung. Ich begrub den Schädel des Mannes in meinem Fett. Er verlor an Kraft. Er wehrte sich. Er unterlag. In einer letzten Anstrengung sprengte der Mann die Zange meiner Beine. Ich fiel auf den Rücken, hier ein Stück schwarzer Himmel, dort ein zitternder Fuß, da eine schattenbeschimmerte Wand. Zwei Herzmuskel pumpten um die Wette. Asynchron das Keuchen. Ein Knäuel aus Fleisch und Fell und Kissen. Unsere Leiber klebten aneinander. Die Kerze brannte herunter und erlosch.

*

Hunderte Glühlämpchen schmückten den Raum. Das Innere der Perle glich einem nächtlichen Firmament. Auf den runden Tischchen lagen rote Servietten, darauf dunkelgrüne Schälchen, gefüllt mit Lebkuchen. Goldene Kerzen brannten in kleinen Nikolausstiefeln aus Gips. Um die künstliche Hängepflanze, die zwischen den Schnapsflaschen im Regal stand, hatte Ingeborg eine bunte Lichterkette geschwungen. Auf dem Tresen stand eine dicke Vase, darin Kiefernzweige, behängt mit roten Weihnachtsbaumkugeln, weißen Engelsfiguren, silbernen Lamettafäden. Über unseren Köpfen spannte sich eine Papiergirlande zum Schriftzug: Merry Christmas! Aus der Jukebox sang Frank

Sinatra »Jingle Bells«. Die Omi saß in der dunklen Ecke hinter der Tür, vor sich ein schales Bier. Die Beinlosen spielten Skat. Sie trugen zur Feier des Tages rote Zipfelmützen mit weißen Filzrändern. Paula saß zwischen mir und dem Mann. Sie brütete zusammen mit Ingeborg über einer Rätselzeitung und bemühte sich, ein Suchbild zu knacken. Zwei Zeichnungen zeigten einen verschneiten Winterwald, in dem es von Tieren wimmelte, und sahen auf den ersten Blick identisch aus. Aber sieben Unterschiede versteckten sich darin. Wir hielten unsere Nasen über das Rätselheft. Der Mann und ich hatten versprechen müssen, nicht vorzusagen. Als ich alle Unterschiede gefunden hatte, schaute ich zum Mann. Auch er schien die Lösung zu kennen. Ich sah es dem Mundwinkel an.

Es klopfte laut. Wir erschraken. Die Beinlosen ließen die Skatkarten sinken. Die Omi suchte in unseren Gesichtern nach einer Erklärung. Die Bommel ihrer Pudelmütze wackelte ein wenig. Der Mann schaute zu Ingeborg, Ingeborg zu Paula, Paula zu mir. Alle zuckten mit den Schultern. Es klopfte wieder. Ein dreifacher Schlag, so mächtig, dass die dicke, goldene Schleife, mit der Ingeborg die Tür verziert hatte, erzitterte. Die gesamte Besatzung der Perle starrte die Tür an. Ingeborg straffte den Minirock, stakste hinter dem Tresen hervor und durch die Kneipe. Sie öffnete.

Es ist der Weihnachtsmann, rief sie und schlug entzückt die Hände vor den Mund.

Wir reckten die Hälse, um ihn zu sehen. Eiskalte Luft strömte ins Innere der Perle. Ich griff Paulas Hand.

Ho ho ho!, rief der Weihnachtsmann mit sehr tiefer Stimme, lasst mich ein, draußen ist es bitterkalt.

Ingeborg schloss hinter ihm die Tür. Der Weihnachts-

mann putzte sich den Schnee vom Mantel und stampfte mit den Stiefeln auf.
Ich komme von weit, weit her, stöhnte er, bin viele, viele Meilen durch tiefen Schnee und klirrende Kälte gegangen!
Lieber Weihnachtsmann, wärm dich bei uns auf, sagte Ingeborg, es freut uns sehr, dass du uns besuchst.
Sie stakste wie ein junger Storch hinter den Tresen zurück.
Sind denn, sagte der Weihnachtsmann, auch die Kinder hier draußen im schönen Hellersdorf brav gewesen übers Jahr?
Paula ließ den Weihnachtsmann nicht aus den Augen. Sie kaute angestrengt auf der Unterlippe herum. Neugier, Furcht und Skepsis kämpften in ihr. Der Mann verfolgte das Geschehen ganz still.
Kann mir jemand ein Lied vorsingen?, sagte der Weihnachtsmann.
Paula wagte nicht zu antworten. Sie knetete meine Hand. Wieder flogen Blicke durch die Kneipe. Alle suchten Rat bei allen. Plötzlich stimmten die Beinlosen mutig an: O Tannenbaum, o Tannenbaum, wie grün sind deine Blätter!
Drei Baritone sangen mit kräftigen, geölten Stimmen. Ingeborg trällerte eine Oktave höher, zuletzt fielen Paula, der Mann und ich in den Gesang ein, und auch die Omi bewegte die Lippen. Weil es so schön klang, wir aber nur die erste Strophe beherrschten, sangen wir sie ein zweites Mal.
Der Weihnachtsmann klatschte in die Hände. Er stapfte behäbig von Tischchen zu Tischchen, kramte in seinem Sack und legte jedem zwei Walnüsse und eine Apfelsine vor die Nase. Als er beim Tresen ange-

langt war, schwang er sich neben mir auf den Hocker.
Möchtest du etwas trinken, Weihnachtsmann?, sagte Ingeborg.
O ja, sagte der Weihnachtsmann, von meiner weiten Reise bin ich sehr durstig.
Freibier für den Weihnachtsmann, sagte ich, auf meine Rechnung!
Und einen Doppelten dazu, sagte der Mann, geht auf mich.
Ingeborg stellte am goldenen Zapfhahn eine wunderschöne Schaumkrone her.
Hier gibt's auch Cola, sagte Paula und schaute den Weihnachtsmann kokett an.
Bei euch ist es aber gemütlich!, sagte der Weihnachtsmann.
Ingeborg servierte, und wir prosteten dem Weihnachtsmann zu, der das Bier in gierigen Zügen soff und den Doppelten hinterherkippte. Der Weihnachtsmann schüttelte sich wohlig. Er betrachtete Ingeborgs Tresenreich.
Gute Frau, sagte er plötzlich, was hast du denn da für einen Kaffeeautomaten?
Ingeborg sah den Weihnachtsmann ratlos an. Ihr rechtes Auge zuckte.
Funktioniert, sagte Ingeborg.
Ist das etwa dieser Billigschrott von Tchibo?, sagte der Weihnachtsmann.
Er stieg vom Hocker, quetschte sich mit seinem dicken, von einem Strick verschnürten Bauch hinter den Tresen und studierte eingehend das Modell. Er umschlich es von allen Seiten und strich versonnen mit den weiß behandschuhten Fingerspitzen darüber. Paula stupste mich an, stupste den Mann an und

lockte uns mit dem Zeigefinger ganz dicht zu sich heran. Sie kicherte. Ihre Augen triumphierten.
Ich glaube, flüsterte Paula, ich weiß, wer das ist.

*

Tinas Wunsch erfüllte sich. Sie wurde noch einmal schwanger, was ihr zu einer Homestory unter dem Titel »Familienglück pur bei Flamenco-Tina!« auf der vorletzten Seite eines bunten Klatschjournals verhalf. Das Foto zeigte die Familie mit sehr weißen Zähnen inmitten einer extravaganten Sitzlandschaft, umstellt von Kübelpalmen. Johnny hielt eine afrikanische Trommel in die Kamera, die Tina im Dritte-Welt-Laden gekauft hatte. Tina räkelte sich über Peters Schoß und hielt sich schützend die Hand vor den Bauch, der noch keinerlei Rundung erkennen ließ.
Ich zog mit Paula in die einundzwanzigste Etage eines Hochhauses unweit der Linie sechs. Den Schulweg bewältigte meine Tochter schon bald allein. Mittwochs und freitags besuchte sie den Reiterhof, wo sie auf Islandpferden trainierte und das Kleine Hufeisen ablegte. Paula wuchs zu einem schönen, klugen Fräulein heran und entpuppte sich als echtes Mathe-Ass. An den Abenden standen wir hoch oben am Fenster unserer kleinen Wohnung und schauten auf die lichternde Stadt und den Fernsehturm.
Micha lernte eine Journalistikstudentin kennen und zog mit ihr in die Nähe der Redaktion. Jeden zweiten Sonnabend holte er Paula zu sich. Dann verschwand ich ins Lotterbett. Kehrten die beiden sonntags spät zurück, schaute Micha bei uns den Tatort, und ich brachte ihm ein Bier.

Die Omi begruben wir an einem Montag im Frühling auf dem Friedhof neben der kleinen Kirche des verschlafenen Dorfes. In der dunklen Ecke der Perle, wo die Omi immer gesessen hatte, ließ Ingeborg einen Spielautomaten für die Beinlosen montieren. Jeden Abend saß der Mann an seinem Platz. Wenn ich kam, stellte Ingeborg mir einen Sekt bereit. Unter dem Tresen lehnte der Stock. Ich kletterte auf meinen Hocker. Ich sah in die Raubvogelaugen unter widerborstigen Brauen. Die Bauarbeiterhände hoben den Bierhumpen. Ich roch den zweiten Duft. Der Spielautomat klimperte und blinkte. Zum Wohl, sagte ich. Zum Wohl, sagte der Mann.

## »Jenny Erpenbeck ist die große Poetin unter den jüngeren deutschen Schriftstellerinnen.« FAS

Jenny Erpenbeck

**Heimsuchung**

192 Seiten / gebunden mit SU
ISBN 978-3-8218-5773-2

Ein altes Haus an einem märkischen See ist das Zentrum, fünfzehn Lebensläufe von den zwanziger Jahren bis heute ranken sich darum. Jedem einzelnen Schicksal gibt Jenny Erpenbeck in ihrem meisterhaften Roman eine eigene literarische Form, jedes entfaltet auf ganz eigene Weise seine Dramatik, seine Tragik, sein Glück – und vollendet sich zu einer Art kollektivem literarischem Gedächtnis eines ganzen Jahrhunderts.

»Das neue Buch der Berliner Schriftstellerin Jenny Erpenbeck ist wie ein Naturereignis: heftig, unerbittlich, aufwühlend … Große Geschichten um ein kleines Stück Erde, epische Geschichtsschreibung auf höchstem Niveau.« *Focus*